COLLECTION FOLIO

Joël Egloff

Les Ensoleillés

Gallimard

Joël Egloff est né en 1970. Après des études de cinéma, il écrit des scénarios et travaille notamment en tant qu'assistant-réalisateur. Aujourd'hui, il se consacre à l'écriture.

Son premier roman, *«Edmond Ganglion & fils»*, remarqué par la presse, a reçu le prix Alain-Fournier. Il a publié son deuxième roman, *Les Ensoleillés*, en 2000.

Pour Albert,
Pour Matthieu, Arthur et Charles,
Pour Nath, comme l'étoile.

12 h 17 mn 01 s...

C'est la triste et sombre histoire,
quand le Soleil devient noir,
du tournesol qui s'affole,
du tournesol qui s'étiole.

12 h 19 mn 33 s...

Il faudrait déjà que je commence par me lever. C'est la moindre des choses, le strict minimum. Tout commence généralement par là. Redevenir *homo erectus* parmi les *homo erectus*. Il faudrait d'abord que cesse cette érection vaine pour que tout mon sang mobilisé, immobile, se mette enfin à circuler, à m'irriguer de la tête aux pieds, à oxygéner mon cerveau, à réveiller mes membres ensommeillés, pour que l'intention vague se transforme en action précise, et que je m'érige, enfin, tout entier, prêt à renverser les montagnes – c'est une image.

Je me suis réveillé tôt, aujourd'hui, avec le Soleil, ce qui est rare. Je suis sûr, au moins, de n'avoir rien manqué de la journée. J'aime bien ce sentiment. C'est important de savoir qu'on n'a rien manqué d'une journée, c'est motivant. En hiver, quand le jour tarde et qu'il faut l'attendre, je me lasse, je fatigue déjà, et quand paraissent, enfin, les premières lueurs de l'aube, je me sens épuisé et je n'ai plus qu'une envie, c'est d'aller me recoucher. Au début de l'été, c'est autre chose ; le Soleil ne me laisse aucune chance, et quoi que je fasse, je me réveille toujours bien après lui, avec la désagréable impression que le monde entier s'est donné le mot pour se lever sur la pointe des pieds, et entamer une journée palpitante, sans moi ; avec le sentiment terrible que tout est déjà joué. Je ressens la rue fourmiller, j'entends des rires et je ne sais pas pourquoi on rit, j'entends des portes claquer, des voix dans l'escalier, des conversations qui montent de partout et je ne sais pas de quoi on parle. J'entends des bruits de tasses, qu'on lave, déjà, et qu'on relave, je sens les parfums de tous les cafés de la ville et je me dis qu'il est trop tard, bien trop tard, et que plutôt que d'avoir les miettes d'une journée déjà grignotée, mieux vaut encore se rendormir. Et je me rendors. Mais pas aujourd'hui. Aujourd'hui, jour de l'éclipse, je me sens débordant d'énergie.

Il faudrait déjà que je commence par un bon petit déjeuner. C'est important, paraît-il, de commencer la journée avec quelque chose de chaud dans le ventre – comme le Soleil. Mais il faudrait que je fasse la vaisselle pour ça, et c'est impossible. J'ai peur. J'ai peur de mettre les mains dans l'eau. Il y a des pâtes et des épluchures qui ont bouché le siphon, l'évier est plein à ras bord, et une pellicule verdâtre s'est formée à la surface de l'eau. Il n'y a que le manche d'une casserole qui émerge et la moitié d'un plat.

Sous les algues, je ne sais plus exactement ce qu'il y a. Selon mes estimations : une poêle, environ cinq assiettes, trois ou quatre verres, trois tasses, et des couteaux, des fourchettes, des petites cuillères, en grand nombre, sans doute. Il faudrait que je fasse l'inventaire de ce qui reste dans le buffet pour être sûr des chiffres que j'avance. De toute façon, ça ne change rien. Ce qu'il faudrait, c'est intervenir. Il faudrait que j'appelle quelqu'un. Mais qui ?... La concierge ? Un plombier ? Les pompiers ? Qui peut bien s'occuper de ça ? En attendant, j'ai peur. L'autre nuit, en entendant des bruits d'eau venus de la cuisine, je me suis levé. Et dans la pénombre, j'ai vu un poisson sauter hors de l'eau pour gober un moucheron qui passait par là. Un poisson pas bien gros, mais bien vorace, de ceux qui vivent en bande – je n'en ai pas vu d'autres, mais je le crains – et qui vous dévorent un bœuf en quelques secondes. Depuis, j'ai abandonné tout espoir de pouvoir faire la vaisselle. Je ne sacrifierai pas mes mains pour quelques assiettes sales. Et quand bien même il n'y aurait qu'un poisson dans mon évier, et même si c'était la crème des poissons, s'il était doux et affectueux, je ne prendrais pas le risque de plonger mes mains dans cette eau croupissante, où la moindre petite coupure, petite égratignure à mes doigts, serait une porte d'entrée idéale pour toutes les sortes d'amibes, de bactéries et autres réjouissances tropicales qui pullulent dans les eaux stagnantes. Je ne vais pas risquer que des fièvres délirantes me chauffent à blanc, que des colonies de vers me sortent par tous les pores de la peau pour laver trois petites cuillères, non ? La vaisselle attendra. Je trouverai bien une solution pour déloger toute cette population marécageuse de mon évier.

J'ai cru voir passer une libellule, au-dessus de mon lit, l'autre matin.

J'ai rassemblé mes forces, j'ai concentré toute mon énergie, j'ai bâillé en poussant un grand cri et je me suis levé. À peine avais-je posé un pied sur le sol que le chat s'est pointé avec ses demi-miaous rauques. Il avait faim, comme toujours. Il frotte par terre l'animal, tellement il est gros. Jamais vu de souris, ce chat-là. Mickey à la télé, peut-être, ce qui ne doit pas lui avoir donné envie d'en connaître. D'ailleurs Mickey, c'est sûrement une musaraigne, une de ces souris empoisonnées qu'aucun félidé ne bouffera jamais de peur d'en crever. Je vais lui ouvrir une boîte. Boulettes gélatineuses aux boulettes et à la gélatine. L'odeur de la pâtée à jeun me donne envie de vomir. Comment peut-il avaler ça, lui ? De toute façon, dès demain, je le mets à la diète. De l'herbe à chat et plus que ça. Je veux qu'il retrouve ses allures de guépard, qu'il redevienne le prédateur qui rôdait sur ma moquette, qu'il attende, tapi dans la pénombre, de bondir sur les cafards qui ne sortent que la nuit, qu'il sème la panique dans les grands troupeaux d'acariens, qu'il se nourrisse de poissons d'argent et d'araignées du matin. Je veux qu'il redevienne le grand fauve qui régnait sur ce gibier urbain, et qu'il cesse de se traîner, du lit au lait, du lait à la fenêtre, de la fenêtre au lit. Ton pelage est gris souris, le chat, et tu n'as pas l'âme tigrée. Tu fais honte à ta lignée. Tu me déprimes, chat d'appartement. Dès la nuit prochaine, je veux te voir assis au bord de l'évier, jusqu'au petit matin. Il a sorti son nez de l'écuelle et m'a regardé avec ses oreilles couchées.

Je me suis débrouillé pour prendre mon petit déjeuner sans faire la vaisselle. J'ai trouvé la dernière tasse propre que j'ai remplie d'eau chaude sous le robinet en faisant très attention de ne pas passer mes mains au-dessus de l'évier, puis j'y ai plongé un sachet de thé. J'ai trouvé un paquet de gâteaux au fond du buffet, et je suis sorti de la cuisine sans traîner. En mangeant, j'ai réfléchi à tout ce que j'avais à faire, aujourd'hui. J'ai ordonné mes idées, j'ai essayé de m'organiser, mais je me suis laissé distraire par ce paquet de biscuits devant moi. Ingrédients : Farine de froment et de maïs – Matière grasse végétale partiellement hydrogénée – Sucre – Praliné noisette 13 % – Jaunes d'œufs en poudre – Poudre à lever : bicarbonate de sodium, pyrophosphate acide de sodium – Émulsifiant : lécithine de soja – Sel – Colorant : caramel (E 150b) – Arôme – Arachide. À conserver dans un endroit frais et sec.

Ingredients : Wheat and maize flour – Partially hydrogenated vegetable fat – Sugar – Hazelnut praline

13 % – Egg yolks powder – Raising agents : sodium bicarbonate, sodium acid pyrophosphate – Emulsifier : soya lecithin – Salt – Colour : caramel (E 150b) – Flavouring – Peanuts. Store in a cool dry place.

Zutaten : Weizen und Maismehl – Pflanzenfett, z.T. gehärtet – Zucker – Haselnussnugat 13 % – Eigelbpulver – Backtriebmittel : Natriumbicarbonat, saüres Natrium Pyrophosphat – Emulgator : Sojalecithin – Salz – Farbstoff : Zuckerkulör (E 150 b) – Aroma – Erdnuss. Kühl und Trocken lagern.

C'est fou ce qu'il peut y avoir comme cochonneries dans de si gentils petits biscuits. Voilà tout mon problème : c'est la concentration qui me fait défaut. Je me dilue.

J'ai réagi. J'ai attrapé un bout de papier sur lequel j'ai noté la longue liste de choses que j'avais à faire ce matin.

Et tout ça avant l'éclipse. Pas de temps à perdre. Il faut que je sois efficace. Je suis allé dans ma chambre pour m'habiller, et en cherchant quelque chose à mettre, je me suis dit qu'il fallait absolument que je téléphone à Dominique. Je lui ai expliqué que je ne serais jamais à l'heure, que j'avais une tonne de choses à faire, que j'étais débordé, et je lui ai demandé si nous pouvions repousser notre rendez-vous à midi moins le quart, ce qui m'arrangerait bien. J'ai ajouté que de toute façon, l'éclipse, ça ne devenait intéressant que vers midi. Il m'a dit : « Pas de problème. » J'ai raccroché, et je suis retourné dans la chambre pour m'habiller. Rien de propre, rien de repassé, comme d'habitude. J'ai donc mis une chemise sale et froissée, sous mon gros pull à col roulé. Les pulls ont cette vertu, qu'ils ne se repassent pas, et qu'ils ne laissent apparaître dans le pire des cas que le col des chemises. J'allais peut-être avoir un peu chaud en plein mois d'août, mais au moins, je n'aurais pas l'air négligé.

J'ai étudié à nouveau ma liste. C'était infaisable. J'ai rayé le dentiste. Puis j'ai frappé dans mes mains pour marquer le début de ma journée.

Mais avant tout, avant de faire quoi que ce soit de tout ce que j'avais prévu, je me suis souvenu qu'il y avait quelque chose de bien plus urgent, dont il fallait que je m'occupe immédiatement, sur-le-champ, sans perdre une seconde de plus : défaire le sapin. Si je ne le faisais pas maintenant, je ne le ferais plus jamais. Je suis allé chercher les cartons dans lesquels je range les boules et les guirlandes et je me suis mis au travail. Les argentées dans ce carton-ci, les rouges dans ce carton-là, doucement, en prenant bien soin de ne pas les casser. Les guirlandes par-dessus. Et puis l'Enfant Jésus, Marie, Joseph, les Rois mages, les bergers, le bœuf, l'âne, les anges, les autres que je ne connais pas, et les petits moutons. Et je me suis mis à pleurer, sur la crèche, avec un agneau dans la main. Je n'ai pas pu m'empêcher de penser à Véro. C'était pour ça qu'elle était partie. À cause de ça, que tout avait fini. Sa voix résonnait encore dans ma tête : « Si ce sapin est encore là à Pâques, je te jure que je m'en vais ! » Je n'avais pas pris son ultimatum au sérieux, je ne l'avais pas crue capable. Je n'avais eu que le temps d'enlever la pointe. Et elle s'en était allée, le dimanche de Pâques, ses valises étaient prêtes. Pour quelques aiguilles sur la moquette. Tant d'intransigeance... Les femmes sont impitoyables, parfois. Comme si je n'avais que ça à faire, de faire et défaire les sapins, chaque année. Évidemment, si j'avais acheté un sapin artificiel, à l'époque, je n'en serais pas là. Facile à monter, facile à démonter, la branche A dans le trou A, la branche B dans le trou B, etc. Mais s'il faut tomber aussi bas pour garder son épouse, j'aime autant la perdre.

J'ai beaucoup réfléchi à tout ça, et je me suis dit qu'il devait y avoir autre chose, tout de même, de plus profond. Je crois bien qu'elle avait une liaison.

J'ai séché mes larmes, j'ai rangé mon petit mouton dans le carton, les cartons dans le placard, j'ai traîné mon sapin nu derrière moi, et je suis descendu pour m'en débarrasser. J'en ai profité pour passer chez la concierge, pour lui donner ses étrennes. Chaque jour, j'y pense, et chaque jour j'oublie. Il n'est jamais trop tard pour bien faire. J'ai frappé au carreau de la loge. Elle m'a ouvert la porte. En agitant l'enveloppe sous son nez, je lui ai dit : « J'y pense chaque jour, et chaque jour j'oublie. » En me voyant avec les yeux rouges, elle m'a invité à entrer et m'a répondu : « Moi aussi, je pense à vous, chaque jour. »

Elle m'a servi une petite liqueur du pays et m'a dit : « C'est pas facile... » Ce à quoi j'ai répondu :

« Oh non, c'est pas facile... » Elle m'a fait un petit câlin – la pauvre femme est veuve depuis que son mari a dévalé l'escalier l'année dernière – puis nous avons bavardé un bon moment, et je lui ai dit qu'il fallait que j'y aille, maintenant, parce que j'avais des tas de choses à faire avant l'éclipse que je ne raterais pour rien au monde, et qu'il devait déjà être tard. Elle m'a dit : « Oui. Onze heures dix. » J'ai eu un choc. Je me suis levé précipitamment. Je lui ai demandé si elle n'y allait pas, elle. Elle m'a répondu que tout ça ne l'intéressait plus, que c'était bon pour les jeunes. Je suis sorti en lui souhaitant encore tous mes vœux, et j'ai remonté l'escalier quatre à quatre. « Onze heures dix, nom de Dieu ! Où passe le temps ? » À peine avais-je ouvert la porte de l'appartement que le chat est venu se frotter à mes jambes. Il avait faim. Encore. Je l'ai nourri en lui faisant remarquer que j'avais autre chose à faire que de m'occuper de lui toute la journée, que d'autres chats de ma connaissance subvenaient seuls à leurs besoins en dépeuplant les jardins de tous les rongeurs qui y vivaient. Il n'a pas levé le museau. Je sais bien ce qu'il devait penser. Il devait penser : « Nous n'avons pas de jardin », et il avait un peu raison.

J'ai repris ma liste, j'ai regardé l'heure, j'ai réfléchi et je me suis dit : « Soyons réaliste », puis j'ai fait une boulette de mon pense-bête en décidant de faire tout ce que j'avais prévu ce matin cet après-midi, en plus de ce que j'avais prévu pour cet après-midi. J'ai rappelé Dominique pour lui dire que nous nous retrouverions sur place, que c'était plus simple pour moi, parce que j'avais encore beaucoup de choses à faire. Il m'a dit : « Pas de problème. » J'ai raccroché, et je me suis dit que j'avais tout juste le temps de passer l'aspirateur pour avaler le tapis d'aiguilles qui recouvrait le sol dans le coin de la pièce. Je me suis épuisé à la tâche. Je suais à grosses gouttes sous mon pull qui me grattait le cou comme si toutes les aiguilles du sapin étaient venues se loger entre la laine et ma peau. Je l'ai retiré d'un geste rageur et je me suis assis sur le lit, terrassé par un imprévisible coup de barre. Je me suis allongé deux secondes pour souffler.

De mon lit, sur le dos, je voyais la fenêtre à l'envers. Des avions prenaient de l'altitude, traçaient des lignes blanches dans le ciel, des lignes aériennes. Des immeubles en construction poussaient comme des champignons, et au-dessus de la ville vrombissante, les astres s'apprêtaient à leur rencontre, imperturbables. Et moi, je m'étais épuisé à déshabiller un vieux sapin de Noël...

Ça m'apprendra à me lever aussi tôt. Je m'étais réveillé avec le Soleil et j'en payais les conséquences, maintenant. Je fatiguais déjà, alors que lui serait là, sans aucun doute, tranquillement, à la seconde près, fidèle au rendez-vous fixé depuis une éternité, sans la moindre défaillance. À la seconde près ! Chapeau ! Il faut le faire ! Et là, en m'endormant, j'ai compris pourquoi je ne serai jamais un soleil.

12 h 20 mn 02 s...

I

Marie était partie au moins deux heures plus tard, hier soir. Elle était arrivée une heure plus tôt, ce matin, pour être sûre de pouvoir finir à temps. Avant de quitter la maison, elle avait mis la table pour le petit déjeuner des enfants, elle avait préparé leurs vêtements, elle leur avait dit d'être sages. Elle avait laissé des tickets de métro sur le buffet, elle leur avait écrit un mot, avec les directions, les correspondances, le numéro de téléphone du bureau, et plein de bisous bisous. À midi, ils la retrouveraient au Trocadéro. Pierre était grand, maintenant, et tout à fait capable de se débrouiller dans la ville et de s'occuper de sa petite sœur.

À neuf heures, elle les avait appelés, pour savoir s'ils s'étaient levés, s'ils avaient mangé, s'ils avaient trouvé leurs vêtements, les tickets de métro qu'elle avait laissés sur le buffet, le petit mot qu'elle leur avait écrit, et les bisous bisous. Ils avaient dit « oui ». À dix heures, elle les avait rappelés, pour leur rappeler qu'ils devraient partir à onze heures, que de toute façon, elle les rappellerait, et qu'ils devaient éteindre la télé, maintenant, et faire des choses intelligentes, comme lire, ou écrire des livres. À dix heures trente, rassurée, elle vit qu'à ce rythme-là, dans une heure, grand maximum, elle aurait fini. Elle pensa qu'elle avait juste le temps de prendre un café, qu'elle l'avait bien mérité. Elle sortit du bureau et courut vers la machine à café. Elle croisa Solange. Avant de se remettre au travail, elle prit une minute pour rappeler ses enfants et s'assurer qu'avant de partir, ils fermeraient bien les fenêtres, les robinets, et surtout, la porte à clef. Ils lui répondirent « oui ». À onze heures, c'est Pierre qui téléphona à sa mère : sa petite sœur saignait de la bouche. Elle lui demanda ce qu'elle avait, comment c'était arrivé, paniquée. Il lui répondit qu'il ne savait pas, que d'un coup, elle saignait, tout seul, et que c'était pas vraiment la bouche, mais plutôt la lèvre. Il lui dit que ça allait mieux, qu'elle ne pleurait presque plus, et qu'ils allaient partir maintenant, pour la rejoindre. Elle lui dit : « Passe-moi ta petite sœur. » Après avoir raccroché, elle mit un peu de temps à se calmer, puis reprit le cours de ses idées. À 11 h 35, elle coupa son ordinateur en poussant un grand soupir d'apaisement. Fini. Terminé. Dans les temps.

Un abruti de passage glissa sa tête dans l'entrebâillement de la porte : « Tu restes là, toi ? » « Non non, j'ai fini, je m'en vais. Je dois retrouver mes enfants... » Il n'attendit pas la fin de sa phrase pour disparaître. Elle mit un peu d'ordre dans ses affaires. Elle serait à l'heure, peut-être un peu en avance, même.

Lecœur poussa la porte de son bureau, un dossier rose sous le bras.

— Marie, il faut qu'on voie un truc urgent, tous les deux.

— Oui, quand ça ?

— Maintenant, c'est important.

— C'est que...

— Il y en a pour un quart d'heure, pas plus, mais il faut que ça parte avant treize heures. Impératif.

Il s'assit lourdement dans le fauteuil en face d'elle. Elle crut défaillir. Puis elle pensa que si vraiment ils bouclaient ça en un quart d'heure, elle n'aurait qu'un tout petit peu de retard. Ils se mirent au travail, mais il lui fut difficile de se concentrer. Tout en écoutant Lecœur exposer son problème en pesant longuement chacun de ses mots, elle se demandait comment elle avait pu, certains jours, le trouver séduisant. À cet instant précis, elle lui trouvait vraiment une sale gueule de gros con.

Grâce à son efficacité, et en dépit de ses craintes, ils ne mirent pas plus de vingt minutes pour finir. C'était encore jouable. Elle se leva, pendant que

Lecœur semblait réfléchir, encore, en se caressant le menton.

— Plus j'y réfléchis et plus je me dis qu'on ne peut pas faire comme ça, ça risque de nous poser des problèmes, parce que...

Il s'interrompit en voyant qu'elle était debout face à lui.

— Vous avez l'air pressé...

— Il est midi deux.

— Et alors ?

— Et alors ?... l'éclipse. Vous ne voulez pas voir l'éclipse, vous ?

— C'est aujourd'hui ?

— Bien sûr.

— ... autre chose à faire.

— C'est pour ça que je me dépêchais, mes enfants...

Il l'interrompit sans l'écouter :

— Vous n'avez qu'à mettre *France Info*, ils vont en parler de l'éclipse.

Elle s'effondra dans son siège. Il reprit :

— Vous verrez la prochaine, y en a tout le temps.

Il lui tendit un document qu'il lui demanda de regarder. Deux larmes teintées de mascara s'écoulèrent le long de son visage et s'écrasèrent sur les colonnes de chiffres imprimées sur la page. Il remarqua son état.

— Vous pleurez ?

— Excusez-moi, je suis ridicule.

— Allez-y, si vous y tenez tant, je vais finir tout seul. Si je n'y arrive pas, tant pis.

— Non... Je vais rester.

— Je vous dis d'y aller, je me débrouillerai tout seul. Ça ne serait pas la première fois...

— Non, je préfère rester. C'est vrai que c'est important.

— Je ne vous le fais pas dire. C'est bien joli, les éclipses, mais il faut voir que là, il y a tout de même un gros budget à la clef. Si on rate ce coup-là...

Lecœur se replongea dans son dossier avec toujours ce même air préoccupé.

Au bout d'un moment, il lui fut impossible de poursuivre sa lecture. La lumière avait décliné, et le bureau se retrouvait dans la pénombre. Il leva les yeux et ne vit plus que la silhouette de Marie, à contre-jour, se détacher de la fenêtre. Son visage n'était plus qu'une ombre ovale.

— Tiens, on dirait que ça se couvre, fit Lecœur. Y a plus de saisons ! Vous allumez, s'il vous plaît.

12 h 20 mn 02 s...

II

Elle serait à l'heure, peut-être un peu en avance, même. Lecœur poussa la porte de son bureau, un dossier rose sous le bras.

— Marie, il faut qu'on voie un truc urgent, tous les deux.

— Oui, quand ça ?

— Maintenant, c'est important.

— C'est que...

— Il y en a pour un quart d'heure, pas plus, mais il faut que ça parte avant treize heures. Impératif.

Il s'assit lourdement dans le fauteuil, en face d'elle. Elle crut défaillir. Puis elle pensa que si vraiment ils bouclaient ça en un quart d'heure, elle n'aurait qu'un tout petit peu de retard. Ils se mirent au travail, mais il lui fut difficile de se concentrer. Tout en écoutant Lecœur exposer son problème en pesant longuement chacun de ses mots, elle le dévisageait en le trouvant plus séduisant que jamais. Le ton qu'il avait utilisé en entrant dans son bureau ne lui avait laissé aucune chance de s'en aller. Il l'avait clouée sur place, sans excès d'autorité, mais avec ce talent rare, cette fermeté délicieuse de cadre supérieur. Elle le connaissait bien, et elle savait que s'il était arrivé tout décoiffé, c'était de s'être passé et repassé les doigts dans les cheveux, toute la matinée, en se penchant sur d'insurmontables dossiers, en cherchant d'idéales idées. C'était l'ébouriffement du manager. Tout à l'heure, elle l'avait croisé avec sa plus belle cravate et le lui avait d'ailleurs fait remarquer, mais là, il avait déboutonné son col et ne la portait plus. Il avait dû, comme à son habitude, les journées très chargées – c'est-à-dire tous les jours –, la retirer en fin de matinée, en poussant un long soupir, avec cette manière bien à lui, ce geste vif du bras, et ce balancement de la tête qu'il prolongeait pour se décontracter la nuque en fermant les yeux. Elle avait déjà pu assister au cérémonial, et à chaque fois, elle en avait été toute retournée.

En dépit de ses craintes, grâce à son efficacité, ils ne mirent pas plus de vingt minutes pour finir. C'était encore jouable. Elle se leva, pendant que Lecœur semblait réfléchir, encore, en se caressant le menton.

— Plus j'y réfléchis, et plus je me dis qu'on ne peut pas faire comme ça, ça risque de nous poser des problèmes, parce que...

Il s'interrompit en voyant qu'elle était debout face à lui.

— Vous avez l'air pressé...

— Il est midi deux.

— Et alors ?

— Et alors ?... l'éclipse. Vous ne voulez pas voir l'éclipse, vous ?

— C'est aujourd'hui ?

— Oui, bien sûr.

— ... autre chose à faire.

— C'est pour ça que je me dépêchais, mes enfants...

— Le Soleil attendra, vos enfants aussi...

Elle se rassit, doucement, dans son siège, désarmée. Lecœur se replongea dans son dossier avec toujours ce même air préoccupé.

Au bout d'un moment, il lui fut impossible de poursuivre sa lecture. La lumière déclinait déjà. Il leva les yeux vers Marie qui le regardait fixement. La pénombre qui s'installait leur permit des regards plus longs, plus évocateurs. L'agence était déserte. À travers la fenêtre entrouverte, la ville semblait calme et patiente. Leurs pieds s'effleurèrent, et le signe imperceptible de leur consentement mutuel traversa leurs yeux. Il fit le tour du bureau pour prendre sa bouche, et ils en vinrent aux mains. Ils se dévêtirent avec précipitation. Elle s'allongea sur le bureau, les fesses sur la paperasse, chavirée par l'influence lunaire et le parfum de ses aisselles de décideur. Il prit des pincettes, d'abord, soucieux de lui montrer qu'il maîtrisait l'art des préliminaires, mais très vite, las de chipoter, emporté par sa fougue, cultivée par une épouse trop avare de son corps, il s'emballa et l'enfila comme un rustre. Elle laissa tomber sa tête en arrière sur le clavier de l'ordinateur, et des lignes de lettres coururent en travers de l'écran, comme la longue onomatopée de leur saillie. Bien avant qu'il y en ait une pleine page, il s'effondra sur elle en lui bavant dans le cou. Elle miaula.

Ils se rhabillèrent sans traîner. On commençait déjà à y voir plus clair.

12 h 20 mn 02 s...

III

Lecœur poussa la porte de son bureau, un dossier rose sous le bras.

— Marie, il faut qu'on voie un truc urgent, tous les deux.

— Oui, quand ça ?

— Maintenant, c'est important.

— C'est que...

— Il y en a pour un quart d'heure, pas plus, mais il faut que ça parte avant treize heures. Impératif.

Il s'assit lourdement dans le fauteuil, en face d'elle. Elle crut défaillir.

Elle savait très bien qu'il se foutait d'elle et que jamais ils ne régleraient ça en un quart d'heure. Dans le meilleur des cas, cela prendrait une bonne demi-heure. Mais comment faire comprendre à ce trou du cul que dans une demi-heure, il serait trop tard, que tout serait fini, que la Lune laisserait déjà le Soleil reprendre sa place, et qu'en arrivant au Trocadéro, elle trouverait sans doute ses enfants en larmes, les yeux brûlés, probablement, ou alors, elle ne les trouverait pas, elle ne les retrouverait plus jamais. Ils se mirent au travail, mais il lui fut difficile de se concentrer. Tout en faisant semblant d'écouter Lecœur exposer son problème en pesant longuement chacun de ses mots, elle se demandait comment elle avait pu, certains jours, le trouver séduisant. À cet instant précis, elle lui trouvait vraiment une sale gueule de gros con. Elle pensa à ses enfants mal fagotés qui l'attendaient déjà à la sortie du métro en ravalant leurs sanglots.

En dépit de ses craintes, grâce à son efficacité, ils ne mirent pas plus de vingt minutes pour finir. C'était encore jouable. Elle se leva rapidement, pendant que Lecœur semblait réfléchir, encore, en se caressant le menton.

— Plus j'y réfléchis, et plus je me dis qu'on ne peut pas faire comme ça, ça risque de nous poser des problèmes, parce que...

Il s'interrompit en voyant qu'elle était debout face à lui.

— Vous avez l'air pressé...

— Il est midi deux.

— Et alors ?

— Et alors ?... l'éclipse. Vous ne voulez pas voir l'éclipse, vous ?

— C'est aujourd'hui ?

— Bien sûr.

— C'est bien joli, les éclipses, mais ça fait pas bouillir la marmite.

Elle ne lui répondit pas. Elle s'imagina le cœur de l'astre en fusion. Elle pensa à sa température extrême, à ses protubérances de cinq cent mille kilomètres de haut ; et elle vit la petite marmite de Lecœur, sa petite cocotte-minute crasseuse qui le sifflait. Elle attrapa son sac.

— Je m'en vais.

— C'est une plaisanterie ?

— Non, pas vraiment.

— Vous vous rasseyez, s'il vous plaît.

Il lui tendit un document qu'il lui demanda de regarder. Sans y prêter la moindre attention, elle fit le tour du bureau pour s'en aller. Il se leva brusquement et la rattrapa par le bras avant qu'elle ne franchisse la porte.

— Je ne vous conseille pas de sortir d'ici. J'aimerais que nous terminions !

— Lâchez-moi !

— Venez vous rasseoir immédiatement !

Il lui serrait le biceps de plus en plus fort. Alors elle lui cracha au visage un feu d'artifice de postillons qu'il reçut dans les yeux, sur les joues et sur les lèvres. Elle en éprouva un plaisir insoupçonné. Il resta stupéfait, sans même penser à s'essuyer. Il devint rouge pivoine, et fou de rage, il ne parvint plus à se contenir. Il l'attrapa par les cheveux, et la tira vers lui pour lui coller plusieurs claques à travers les failles de sa garde. Elle s'était ramassée pour se protéger et l'insultait en hurlant. Elle réussit à tendre le bras pour saisir de quoi se défendre sur le bureau. Elle se redressa brusquement et le frappa de toutes ses forces, sans hésiter, sans regarder, au milieu de la poitrine. Il s'affaissa à ses pieds, le grand crayon à grelot des Sables-d'Olonne, décoré d'écussons multicolores, que son fils lui avait offert, planté au milieu du plexus solaire. L'image des vampires qu'on achève avec un pieu dans le cœur lui traversa l'esprit.

Elle s'enfuit en courant à travers le couloir désert, dévala les escaliers, traversa le hall, et se jeta dans la rue à la seconde où les réverbères s'éteignaient.

12 h 21 mn 09 s...

Ils m'ont tous dit de rester chez moi, que ce n'était plus de mon âge, que ce serait long, fatigant, qu'il y aurait du monde, que j'allais me faire bousculer, écraser, que j'allais me rendre aveugle. Même l'infirmière qui vient chaque matin m'a défendu d'y aller en me disant que j'allais faire une attaque si je sortais sous le soleil de midi. Ils ont tous tellement insisté pour que je reste à la maison, que je me suis dit qu'il fallait que j'y aille, que ça me ferait sûrement beaucoup de bien.

Plus le temps passe et moins j'avance avec le même nombre de pas. Ce ne sont plus des pas, c'est une faveur que me font mes jambes à chaque fois. Plus je vieillis, plus je rapetisse, et plus je me courbe sous mon fagot d'années mortes. Plus je me transforme en point d'interrogation, plus je m'interroge.

Combien d'années, déjà, que je ne suis pas sortie de chez moi ? Qu'on me fait croire qu'il vaut mieux que je ne sorte pas, pour pas tomber sur un os et me le casser ? Combien d'années qu'on me garde au chaud, de peur que je prenne froid, pour de bon ? Une éternité. Et tout a changé... Il n'y a plus de pavés dans ma rue. Ils ont refait les trottoirs. Les chiens qui me croisent sont différents. Les crottes de chien sont différentes. Et tellement d'automobiles, de plus en plus mobiles. De toutes les couleurs...

Je sens le soleil qui tape sur ma nuque. Toujours d'aplomb, Soleil de plomb. Je ne te survivrai pas, je crois. Est-ce bien raisonnable d'être là ? D'aller où je vais, à mon âge ? Mais j'ai passé l'âge de raison et je veux voir le Soleil devenir noir. C'est une chose à laquelle j'ai du mal à croire, un soleil tout noir. Qu'est-ce qu'ils ne vont pas inventer ? C'est comme le veau de lait élevé sous la mer... Vous en avez déjà entendu parler, du veau de lait élevé sous la mer ? Et il mange quoi ? Des algues ? C'est la fin du siècle, la fin des haricots.

Je regarde ma canne qui se pose, mes pieds qui se traînent. Je fais de petites glissades sur le sol. Ce n'est pas vraiment marcher, mais j'avance. Au bout du compte, c'est ce qui compte. Déjà au coin de la rue... Je fais une pause. Il y a une nouvelle boutique, là, à la place de l'ancienne boutique. Un bébé passe dans un landau, un bébé avec tellement de cheveux, mon Dieu, beaucoup trop de cheveux... Qu'est-ce qu'ils ont les nourrissons d'aujourd'hui, comme maladie ? Je me remets en route. Je croise les jambes nues d'une fille pressée. Et tous ces mégots écrasés, ces crachats pas clairs... Je me traîne à perdre haleine.

J'ai fini par y arriver, au parc, juste à temps pour le voir ce fameux Soleil que la Lune efface. Je me suis retrouvée au milieu des gens que j'entendais s'émerveiller. Il devait bien se passer quelque chose, il faisait de plus en plus sombre. Mais je n'ai rien vu, moi, parce que tout se passait là-haut, au-dessus de ma tête, bien trop haut pour mon vieux dos. Alors, voûtée sur ma canne, j'ai regardé les pigeons qui nous picoraient entre les jambes, et leurs chaussures à tous ces gens. De drôles de pigeons... De drôles de chaussures...

12 h 21 mn 38 s...

Bien le bonjour de la Côte de Miel où nous passons des vacances de rêve. Le Soleil brille et nous nous baignons tous les jours. L'hôtel est formidable, tout le monde est très sympa et le paysage est magnifique (voir au dos).
Aujourd'hui, l'éclipse était au rendez-vous et nous avons vécu un moment inoubliable !

Grosses bises,

Jean-Claude, Éliane et les enfants

Il relut la carte qu'il avait mis si longtemps à choisir, puis à écrire. Il la relut trois fois. Il la retourna et la regarda encore, assez satisfait, convaincu d'avoir choisi la bonne. Il avait hésité longuement entre le classique coucher de soleil sur la mer qui faisait toujours de l'effet, mais qui lui avait paru un peu désuet, et celle-ci, pour laquelle il s'était décidé finalement, où sur la même carte, dans plusieurs petites vignettes, on pouvait découvrir un peu tous les aspects de la région, les plus beaux paysages du coin, qui rayonnaient autour de l'écusson de la ville. Il pensa que ce florilège de joyaux touristiques ferait sans doute forte impression à son destinataire. Il y colla le plus beau timbre qu'il avait trouvé – son beau-frère était philatéliste – et tendit la carte postale à sa femme en lui demandant de la signer. Il crut utile de lui préciser « en bas ».

Elle désapprouva d'emblée son choix esthétique par une grimace et lui fit remarquer que le rond-point fleuri qui apparaissait dans l'une des cases était flou. Il lui rétorqua que ce n'était pas lui qui avait pris la photo, et que malgré ce détail, c'était de loin la plus belle carte qu'il avait pu trouver. Il ajouta que ce rond-point n'avait aucun intérêt, et qu'elle ferait mieux d'admirer le coucher de soleil qu'on voyait dans la case voisine. Elle dut passer ses lunettes avant d'en convenir, sans lui avouer qu'elle n'y avait vu, jusque-là, que des phares de voiture, la nuit, dont la présence sur une carte postale l'avait d'ailleurs intriguée. Elle commença à la lire et s'interrompit aussitôt :

— « ... des vacances de rêve... » Il faut rien exagérer...

— Qu'est-ce qu'il y a ? Tu trouves toujours quelque chose à redire. On n'est pas bien ici ?

— Si, on est bien, mais de là à parler de vacances de rêve...

Il lui arracha la carte des mains et fit mine de vouloir la déchirer.

— Comme tu veux... Je recommence et je mets : « Bien le bonjour de la Côte de Miel, où nous passons des vacances de merde. » Tu préfères ça ?

— Ce que tu peux être susceptible... Tu n'as qu'à mettre : « Bien le bonjour de la Côte de Miel où nous passons d'agréables vacances », tout simplement.

— Et si je trouve que je passe des vacances de rêve, moi, ça te dérange que je l'écrive ? Je vais pas retourner jusqu'au tabac, claquer cinq francs pour une nouvelle carte et trois francs de timbre, pour transformer mes vacances de rêve en agréables vacances. Et tout ça pour ton frère, en plus...

— Écris ce que tu veux !

— Signe-la, cette carte, qu'on n'en parle plus.

— Tu permets ?

Elle reprit sa lecture pour s'arrêter à la fin de la phrase.

— Tu exagères, là.

— Quoi encore ?...

— « Le Soleil brille et nous nous baignons tous les jours... »

— Et alors ?

— Ben, c'est pas vrai, tu sais bien que c'est pas vrai...

— Tu sais très bien que s'il avait fait beau on serait allés se baigner tous les jours. Et si le temps change avant qu'on parte, tu sais bien qu'on ira. Plusieurs fois par jour, même. Il y a trois ans, souviens-toi, quand il a fait beau, on ne s'est pas baignés tous les jours ? Sois honnête, réponds-moi...

— Je ne dis pas le contraire...

— Alors, arrête de couper les cheveux en quatre, tu veux ?

Elle soupira et se resservit une tasse de café. Les enfants avaient expédié leur petit déjeuner et couraient autour des tables de la salle à manger déserte. Elle les rappela à l'ordre et leur ordonna de se rasseoir. Ils ne l'entendirent même pas. Elle demanda à son mari à demi-voix :

— Tu crois que je peux redemander du pain pour finir ma confiture ?

— Tu peux, mais ils vont nous le compter en plus.

— Tu crois ?

— C'est sûr.

Elle hésita, puis appela le serveur qui dressait déjà les tables pour le déjeuner à l'autre bout de la salle. Il ne leva la tête que lorsqu'elle s'égosilla pour la troisième fois et qu'il lui fut impossible de continuer à faire comme s'il n'avait rien entendu. Il marmonna quelques mots incompréhensibles, mit le couvert à une autre table, encore, puis vint vers eux, enfin, pour leur prendre la corbeille vide, et disparut.

— Il est charmant, ironisa-t-elle.

— Tu vois bien qu'il est dépressif, sois un peu compréhensive.

Elle haussa les épaules, pas vraiment convaincue. Il reprit :

— Tu ne te souviens pas l'année dernière, comme il était gai.

— Non, je ne m'en souviens pas.

— Je le vois encore virevolter entre les tables en chantonnant. Il est malade, ça crève les yeux, et toi tu viens lui casser les pieds alors qu'il souffre le martyre.

Il s'interrompit et esquissa un sourire compatissant lorsque le pauvre homme réapparut et déposa la corbeille sur la table en leur demandant le numéro de leur chambre, sans rien ajouter. Il lui répondit et le remercia très chaleureusement, comme on remercie un ami qu'on quitte pour longtemps. Le serveur le dévisagea d'un regard un rien dédaigneux, puis retourna à ses occupations. Il fit remarquer à son épouse, à voix basse :

— Tu as vu son teint ? Il me rappelle tonton Jeannot sur ses derniers jours.

Elle fut prise d'une bouffée de tristesse. Elle se sentit presque coupable. Au fond de la corbeille qu'il avait rapportée, il y avait deux morceaux de pain dont un quignon. Elle en prit un et s'en fit une pauvre tartine.

Dehors, la pluie venait de cesser, et les enfants qui attendaient ce moment depuis le début de leurs vacances découvrirent que le ciel pouvait être bleu, ici aussi. Ils se précipitèrent vers leurs parents en les suppliant de se dépêcher, pour qu'ils puissent aller à la plage qu'ils n'avaient pas vue de tout leur séjour. Maintenant. Tout de suite. Immédiatement. Leur père les calma aussi sec en leur expliquant qu'ils écrivaient une carte avec leur mère et qu'ils iraient à la plage lorsqu'ils auraient fini. Pas avant. S'ils étaient sages. Ce qui provoqua des cris de désespoir. Et pour mettre un terme à leurs plaintes, il ajouta que certains enfants ne partaient jamais en vacances, que certains enfants n'avaient pas leur chance, que certains enfants étaient battus, que certains enfants mouraient. Ils se mirent à pleurer à chaudes larmes dans les jupes de leur mère qui les consola et promit qu'ils se mettraient en route dans dix minutes, pas plus. Elle se dépêcha de finir sa tartine puis reprit la lecture de la carte. Elle passa sur « l'hôtel est formidable, tout le monde est très sympa ». Ils avaient de bonnes raisons de ne pas l'être, elle l'avait compris. Elle passa sur « le paysage est magnifique », ce dont elle ne doutait pas. Les dix-sept cartes postales qu'ils avaient envoyées depuis leur arrivée lui avaient fait découvrir la beauté des lieux. Par contre, elle ouvrit de grands yeux stupéfaits lorsqu'elle découvrit la dernière phrase sur « l'inoubliable moment de l'éclipse ». Eux qui n'avaient pas vu le soleil depuis leur arrivée, et qui avaient l'impression de traverser une nuit polaire...

— Alors là, non !

— Quoi, non ?

— C'est pas possible, tu peux pas leur dire qu'on a vu l'éclipse, tu mens !

— Et ton frère qui nous parle des aurores boréales d'Alaska, du rayon vert des Kerguelen, des arcs-en-ciel du Kiribati, ou des équinoxes de printemps, qu'est-ce que j'en sais s'il ne nous mène pas en bateau ? Monsieur « j'ai tout fait, j'ai tout vu », tu voudrais que je lui parle des moules-frites du Bar de la Marine ?

— Et pourquoi tu ne lui dirais pas qu'il y avait des nuages ?

— Reste en dehors de ça, tu veux ? C'est entre lui et moi. C'est une affaire d'hommes. Signe.

Elle resta sans voix pendant quelques secondes, puis se résigna et signa la carte pour clore la discussion, pour aller à la plage, pour profiter du soleil, pour avoir la paix, la paix des vacances. Les enfants revinrent à la charge en pleurnichant.

— On y va, répondit leur mère, on y va tout de suite.

Il prit la carte signée que lui tendait son épouse, la relut une dernière fois, satisfait, et il eut encore l'idée de demander à son fils aîné d'y participer.

— Tiens, dessine-nous sous l'éclipse, là, dans le coin. C'est pour tata et tonton Mercedes.

— C'est quoi, l'éclipse ?

— Ce qu'on aurait dû voir, hier.

— J'ai pas vu.

— Je sais. C'est pas grave, tu fais un gros Soleil noir, et tout le monde en dessous. Et tu n'oublies pas de dessiner ton petit frère.

— Un Soleil tout noir ? Ça existe pas un Soleil tout noir.

— Si, quand il y a une éclipse.

— J'en ai jamais vu, c'est comment ?

— Tu dessines un Soleil normal et je le colorierai, moi.

Et pendant qu'il faisait grimper son fils sur ses genoux, pendant que celui-ci choisissait un crayon qui lui convenait, il se désola de cet enfant qui avait si peu d'imagination.

Le dessin fut expédié en trente secondes.

— Qu'est-ce que c'est que ce gribouillis ?

— C'est l'éclipse, et nous.

— C'est moche comme tout. Ton cousin qui a deux ans dessine mieux que toi. Voilà, tu as gâché toute la carte, tu peux être content...

— On y va ? demanda l'enfant qui s'en fichait.

Le père se rendit compte que sous le Soleil, il n'y avait que trois personnages. Deux enfants, une femme, et...

— Et moi, je suis où ?

— J'avais pas la place.

Il soupira, et prit lui-même un crayon pour réparer le désastreux oubli. Et pendant qu'il s'appliquait, la langue entre les dents, et se rajoutait à côté de son épouse, en se coinçant contre le bord de la carte, la salle à manger s'assombrit, soudain. Dehors, le soleil faiblissait, le bleu concédait du terrain, et quelques gouttes tombaient déjà. Les enfants se précipitèrent à la fenêtre avec l'air désespéré de ceux que le ciel trahit.

— Ça y est, j'ai fini, fit le père en posant son crayon, assez fier de lui.

Il leva les yeux et remarqua que toute sa petite famille regardait dehors, la mine défaite. Il s'étonna de ce que le temps changeait incroyablement vite en bord de mer, et il constata à regret que cela ne valait plus la peine d'y aller, maintenant. Ils n'étaient qu'à trois quarts d'heure de la plage, mais le temps d'aller chercher la voiture au parking, le temps de passer par la poste pour envoyer cette carte, le temps du trajet, et le ciel se serait couvert, à nouveau, et il pleuvrait des cordes. Il reconnut que c'était bien dommage, mais il n'y était pour rien. Il leur promit que demain, sans doute, il ferait beau ; et pour aujourd'hui, il avait une excellente idée :

— Montez dans la chambre, je vais aller poster la carte et je vous rejoins tout de suite. On va faire un Monopoly, d'accord les enfants ?

Il passa sa main dans les cheveux du plus petit, puis il se leva et sortit. La mère resta assise un petit moment entre ses fils qui geignaient, appuyés contre elle. Puis elle se leva, aussi, les prit par la main, et ils traversèrent la salle à manger jusqu'à la porte d'accès aux chambres, des petites maisons rouges et vertes plein la tête. L'aîné demanda à sa mère :

— Tu joueras avec nous, au Monopoly ?

— Bien sûr...

En sortant, elle souhaita une bonne journée au serveur, sans beaucoup de conviction. Il ne lui répondit pas, avec beaucoup de conviction.

En attendant l'ascenseur, elle se demanda si tout ça valait bien la peine d'abandonner le chien chaque année. Jusque-là, les enfants n'y avaient vu que du feu. Pour eux, quelqu'un le gardait pendant les vacances et ils le récupéraient à leur retour. Mais c'en était un tout neuf, à chaque fois, qu'ils retrouvaient, ce dont ils ne se doutaient pas. Depuis quatre ans, on leur en rachetait un tous les mois de septembre. Le même.

Tout ça valait-il bien la peine ?

Et elle pleura, discrètement, comme savent pleurer les mères expérimentées devant leurs enfants, presque en souriant. Avant qu'ils n'entrent dans l'ascenseur, le plus jeune lui demanda la permission de prendre l'escalier. C'était son jeu favori depuis qu'ils étaient là, faire la course contre l'ascenseur. Elle lui accorda ce plaisir.

Il se précipita dans l'escalier, et y croisa une femme de chambre qui descendait. Au passage, elle lui colla une claque. Comme ça. Pour rien.

12 h 22 mn 21 s...

C'est pas parce que maman m'a allaité jusqu'à trois ans. Pas parce qu'elle était contente que je fasse « caca pot » juste avant ma rentrée au collège. C'est pas parce qu'elle pleurait quand je partais le matin au lycée – je pleurais aussi, d'ailleurs, parfois. Quand j'y repense, il faisait froid l'hiver quand je quittais la maison, il faisait noir, il y avait du brouillard... Mais tout ça n'a rien à voir. C'est un peu plus compliqué que ça, la psychologie. En fait, j'en sais rien pourquoi. Mais ça va mieux. Et puis je me dis que ça pourrait être pire. Je prends un peu plus de temps qu'un autre pour faire certaines choses, pour vérifier qu'elles sont faites, pour vérifier que j'ai bien vérifié, et puis voilà, je m'y fais. Ça n'a rien à voir avec le fait qu'elle m'ait reproché, sur son lit de mort, les souffrances qu'elle avait endurées en me mettant au monde. Ce furent ses derniers mots. Elle y pensait – c'est un peu normal – parce que je suis né dans le lit où elle mourait. Mais mes histoires ne datent pas de ce jour. Ça fait longtemps que ça dure. Je fais avec.

Aujourd'hui, je me change les idées, je vais voir l'éclipse, comme tout le monde. Il paraît que c'est très beau, une éclipse totale. Que c'est très rare, qu'il faut voir ça, au moins une fois dans sa vie, absolument. Je vais pas rater ça, surtout pas. Je vais y aller. J'irai au square, juste au coin de la rue. Je préfère rester dans mon quartier, je préfère. Il faut que je parte en avance, que je prenne mon temps, c'est tout le problème. Il faut que je sois à onze heures et demie au square, pas plus tard. Je vais y aller. J'y vais. Je vais me préparer.

Qu'est-ce que ça a à voir avec le fait qu'elle ait noyé les petits chats tigrés parce que je lui avais dit que je l'aimais plus ? D'ailleurs, je l'aimais encore ; les enfants parlent sans réfléchir. Ça n'a rien à voir, il faut pas tout mélanger. Je vais mettre ma petite veste, il paraît qu'il fait subitement froid quand le soleil disparaît. Je mets ma petite veste. Avant de sortir, je débranche tout. Tous les appareils qui attendent que ça, de pouvoir foutre le feu partout, dès qu'on les oublie. Un mauvais contact, et c'est la fête des étincelles, un vrai feu de Bengale. Un court-circuit, ça tourne, ça tourne pas rond, et c'est l'incendie. Un radiateur, ça chauffe, ça chauffe tout ce que ça peut, jusqu'à ce qu'il dégouline sur la moquette et que tout s'embrase. Je me méfie. Je fais le tour et je vérifie. Je débranche la lampe de chevet jaune dans ma chambre. Débranchée. Je débranche mon radio-réveil. Débranché. Dans la chambre de maman, y a plus rien. Je vérifie quand même. Je passe dans le salon. La chaîne hi-fi. Débranchée. Je débranche la télévision. Débranchée. La grosse lampe. Débranchée. Dans la salle de bains, rien à débrancher. Robinet d'eau chaude, fermé, robinet d'eau froide, fermé. La douche goutte. Je serre le robinet. Je serre le robinet très fort. Dans la cuisine, je débranche le four et le robot. Débranché, débranché. J'ouvre le réfrigérateur. La lumière est bien éteinte, parce que j'ai enlevé l'ampoule. Je referme. Réfrigérateur refermé. Robinet de l'évier fermé, bien fermé, hyper bien fermé. Je fais attention aux robinets, bien sûr, mais je dois dire que ça m'angoisse pas plus que ça, les robinets. Je le fais par acquit de conscience, c'est tout. J'en fais pas une maladie. C'est moins dangereux, aussi, un robinet. Moins dangereux que les électrons libres qui s'excitent partout dans les prises.

Je suis né par le siège. Le mien, je veux dire. Je précise, parce que j'ai moi-même cru, longtemps, qu'il s'agissait de celui de maman, ce que je trouvais plutôt décevant. Je me demandais d'ailleurs : « Pourquoi moi, je suis né par le siège alors que les autres se pointent, glorieux, à l'entrée des artistes ? » J'en ai, je dois le reconnaître, longtemps déduit que je valais pas mieux que ça. Je suis né par le siège, donc, le mien. Les pieds devant. Pas mort-né pour autant, juste à l'envers. La tête en retard, histoire, peut-être, de tout vérifier une dernière fois avant de sortir. Ce doit être pour ça que je pense à ça.

Je refais le tour de l'appartement, pour les lumières, cette fois. C'est plus facile. Je préfère faire un tour spécialement pour ça, plutôt que de tout vérifier en même temps, ce qui demande quand même une certaine concentration. À tout vouloir vérifier en même temps, on vérifie rien, on oublie de vérifier l'essentiel. Éteint. Tout est très éteint, parfaitement éteint. En passant, je regarde tout de même, d'un coup d'œil, si j'ai bien tout débranché, aussi.

C'est bon. J'y vais. Je prends mes clefs. J'y vais. Avant de sortir, je me retourne une dernière fois, et je coupe le compteur. Compteur coupé. Je regarde la roue dentée du compteur qui s'immobilise, parfaitement immobilisée. Ça me fait un bien fou, cette petite roue qui s'arrête, net. Je laisse tomber mes épaules. Je respire. Avant – j'en ris maintenant –, il m'arrivait quelquefois de faire un rêve terrible. Je coupais le compteur et j'observais le disque, qui s'immobilisait d'abord, puis repartait tout doucement, pour tourner de plus en plus vite jusqu'à une vitesse vertigineuse dans un bruit de scie circulaire. Le mécanisme finissait par se déglinguer, la roue brisait son axe, traversait le verre et me passait au-dessus de la tête en manquant de me décapiter. J'en ris maintenant, ce qui montre tout de même que j'ai fait certains progrès.

Compteur coupé, donc. Mais pour être sûr, pour pas tomber d'un extrême à l'autre et devenir carrément négligent, je refais un tour rapide et global de vérification vérifiante, comprenant :

1. Les prises électriques et appareils encore branchés ayant – éventuellement – échappé aux précédentes vérifications.

2. Les divers interrupteurs restés – le cas échéant – en position *marche, on, ein*, et qu'il faudrait, évidemment, avant de sortir, remettre en position *arrêt, off, aus*. Ce qui est particulièrement pervers avec les interrupteurs, c'est qu'ils ne témoignent pas *de visu* de leur intention de laisser ou de ne pas laisser passer le courant. En effet, si l'on ne considère que l'interrupteur, rien n'indique s'il est en position marche ou en position arrêt. C'est l'ampoule, qui brille ou ne brille pas, me direz-vous, qui est censée lever le doute. Vous n'y connaissez rien. Fiez-vous à une ampoule, et vous êtes grillés. Rien ne ressemble plus à une ampoule en état de marche, qu'une ampoule hors d'usage ; surtout ces ampoules modernes, esthétisantes, teintées, dépolies, translucides, mais jamais transparentes. Rien ne dit, donc, qu'une ampoule éteinte va s'allumer, ou peut s'allumer, si l'on actionne l'interrupteur, si bien qu'il est excessivement facile, à cause de la faiblesse des ampoules, de confondre un interrupteur éteint avec un interrupteur allumé. Sauf si comme moi, on a pris soin de dessiner sur l'interrupteur, ou sur le mur, deux petits symboles tout bêtes :

« | » et « 0 ». Le « | » correspondant à la position *marche, on, ein*, et le « 0 » à la position *arrêt, off, aus*. Il suffit de ne pas intervertir mentalement ces deux symboles – j'ai noté leurs légendes, aussi, sur le mur – et l'on évite bien des déboires. Fin de l'aparté.

3. Les robinets, beaucoup moins importants que les éléments précédents, mais assez faciles à vérifier. L'eau coule ou ne coule pas. Un robinet qui goutte n'a jamais tué personne. L'eau n'est vraiment redoutable que dans le gaz, et je n'ai pas le gaz, Dieu m'en garde, je n'ai que l'électricité.

Cela dit, j'y repense, mieux vaut une ampoule grillée dans une douille, que pas d'ampoule du tout. L'important, c'est qu'il y ait un butoir. Je n'ose pas imaginer le courant qui traverse un interrupteur oublié en position marche, qui arrive au bout du câble à la vitesse de la lumière jusque dans la douille, vide, et qui devant l'absence d'ampoule, devant tant de liberté, retombe en douche électrisante sur toute la pièce. Une douille sans ampoule, c'est une douche à incendie.

Mais le temps passe, et je veux être à onze heures et demie au square, au plus tard. J'y vais. Pour de bon. Ce qui prouve que je vais mieux, tout de même, parce qu'avant, jamais je n'aurais pu quitter mon appartement aussi facilement. J'ai traversé, et j'en suis conscient, une période où mon côté précautionneux, voire obsessionnel – n'ayons pas peur des mots –, me rendait la vie impossible. J'ai souffert, c'est vrai. Mais cela n'a rien à voir, comme certains voudraient me le faire admettre, avec le fait que j'ai passé de nombreuses années dans le lit de mes parents. Je veux dire de nombreuses nuits, bien sûr, jusqu'à mon adolescence, où mon sommeil devint plus léger, troublé par l'éveil de mes penchants onanistes qui furent difficiles à concilier avec l'accomplissement des devoirs conjugaux de mes parents, qui attendaient mon endormissement, mais sombraient avant moi ; la situation globale, devenant préjudiciable, selon papa, à l'exercice de leur autorité parentale, je fus mis hors de notre lit, un peu brutalement, je dois le dire. Maman, tout comme moi, supporta assez mal cette séparation et demanda ma réintégration sous les draps, ce à quoi papa s'opposa formellement pendant quelque temps, jusqu'au jour où, cédant à l'insistance quotidienne de maman et à mes pleurs, il quitta lâchement le foyer, me laissant sa place au lit. En tout bien tout honneur, s'il est besoin de le préciser. Je m'égare.

J'ouvre la porte, et je me concentre sur le pas que j'ai à faire pour me retrouver sur le palier. C'est ce pas qui est essentiel, c'est dans ce franchissement que tout se joue. Si j'y arrive du premier coup, je m'en irai sans inquiétude. Tout est vérifié, archi-vérifié, j'y vais le cœur léger. Je vais voir l'éclipse. Je sors, du dedans vers le dehors, je sors. C'est la fin de la moquette. De l'autre côté de la barre de seuil, il y a le paillasson, mon paillasson, petit rectangle bleu où je suis encore chez moi, dernier refuge avant l'inconnu. Je me lance en fermant les yeux, et du premier coup, j'y arrive. Je reste quelques secondes sur mon paillasson, très fier de moi. Je pense à maman qui serait fière de moi, aussi. Je serai à l'heure, j'y serai. Je dresse l'oreille. Le téléphone sonne. J'ai un pincement au cœur. Ce n'est pas vraiment le fait d'être dérangé maintenant qui me chiffonne, j'ai encore suffisamment de temps devant moi, mais si ce téléphone sonne, maintenant, c'est que j'ai commis une erreur. S'il sonne c'est qu'il est branché, malgré toutes mes vérifications, toute mon attention, toutes mes précautions – putain de merde –, ce téléphone, je l'ai oublié, ce qui aurait pu me coûter cher. Un téléphone qui sonne sans personne pour décrocher, c'est un téléphone qui chauffe, qui chauffe tellement que le bloc de papier, à proximité, se met à jaunir, doucement, à brunir, lentement, pendant que l'irresponsable qui est à l'autre bout insiste, insiste, et fait monter la température, jusqu'à ce que sur le papier, une petite flamme naisse, naïve, mais déjà avide de tout brûler. Je rentre et je me précipite sur le téléphone pour le débrancher. Téléphone débranché. Je n'ai même pas pensé à décrocher. Tant pis.

Je suis un peu contrarié, maintenant. C'est le genre de chose qui me contrarie. Avant, il ne m'en fallait pas plus pour renoncer à sortir, pour abandonner tous mes projets. Avant, j'étais bien plus fragile. J'ai décidé d'aller voir cette éclipse, j'irai, je serai à l'heure. Je vais tout revérifier une dernière fois. Une dernière *check-list* avant l'envol, mon commandant. Vérification globale, pour pas perdre trop de temps, mais soigneuse, méticuleuse, appliquée. Je refais le tour de l'appartement. Si je suis au square à midi moins le quart, c'est bien, c'est suffisant. Vérification vérifiée.

J'y vais, maintenant. Comme jamais je n'y suis allé. J'y vais immédiatement, sans hésitation. Je vais ouvrir la porte d'entrée, je prends un élan jusqu'au bout du couloir ; je respire profondément, trois fois, et je cours vers la porte, sans réfléchir, sans fléchir, atteindre le paillasson. J'y arrive à toute vitesse, comme un athlète de saut en longueur, et les pieds joints, je me plante sur le paillasson qui se dérobe et m'entraîne sur le palier vers la porte blindée du voisin d'en face contre laquelle je termine ma glissade dans un bruit sourd. Je me demande si maman aurait ri. Je crois qu'elle n'aurait pas ri. J'y suis, en tout cas, pour de bon, et plus rien ne peut m'atteindre, maintenant. Au-dessus de moi, j'entends des gens qui descendent dans l'escalier. J'ai juste le temps de me relever et de remettre mon paillasson en place avant qu'ils n'arrivent à mon étage. C'est une femme avec un enfant qui tient dans sa main une paire de lunettes argentées. Les miennes sont dans ma poche depuis quinze jours, j'ai vérifié. Je ne les ai jamais vus, je crois. « Bonjour, monsieur », fait la dame. Je réponds : « Bonjour, madame. » L'enfant est laid et malpoli. Ils disparaissent. Je ferme les quatre serrures de ma porte. J'ai toujours eu de très bons rapports avec les serrures, hormis les serrures électriques, cela va sans dire. Je leur fais confiance, elles me rassurent, lorsque le pêne claque dans la gâche. Ça fait du bien d'entendre une serrure se fermer. C'est mécanique, solide, fiable. Une serrure fermée est une serrure fermée, cela s'entend, pas besoin de vérifier. J'appuie sur la porte, tout de même, pour être sûr, et je descends d'un pas léger. Je crois que je souris. J'entends encore la mère et l'enfant dans l'escalier, lorsque la lumière s'allume sur le palier. J'entends la mère sermonner l'enfant, son enfant débile qui vient de poser ses mains sales sur la minuterie, en plein jour, juste pour appuyer sur un bouton, pour le plaisir crétin d'appuyer sur le bouton avec la petite lumière orange, derrière. Je m'arrête à l'étage du dessous. Je me calme, je raisonne, je regarde ma montre. Je suis toujours en avance. Pas question de quitter l'immeuble avant que les lampes se soient éteintes. J'en ai au moins pour cinq minutes. Je m'assois sur les marches en maudissant l'enfant pyromane et dépensier. Ça n'a l'air de rien, mais j'arrive à admettre que lorsque le plafonnier s'éteindra à cet étage, toutes les autres lampes s'éteindront en même temps dans toute la cage d'escalier. C'est le principe de la minuterie. J'y crois. J'y crois dur comme fer. Ça n'a l'air de rien, mais avant, jamais je n'aurais fait confiance à une minuterie. Je me serais senti obligé de faire tous les étages pour m'assurer que toutes les lampes se sont éteintes, en même temps. Je suis assez fier de réussir, pour une fois, à ne pas croire en l'anarchie des lampes. Je crois en la minuterie, seule, et unique, qui éteint toutes les lampes, en même temps.

Le plafonnier s'éteint, enfin. Je me lève d'un bond et je dévale les escaliers, sans me retourner, avec le sentiment à la fois angoissant et terriblement excitant de l'insouciance. L'insouciance raisonnée. Je me précipite dans le hall, tout droit vers le bouton qui ouvre la porte en grésillant. Je vérifie que le grésillement a cessé avant de laisser la porte se refermer.

Je sors dans la rue lumineuse. Mes pupilles se serrent. J'y serai au rendez-vous des astres, et même en avance. Je traverse la rue, vers le square, plus serein que jamais. Mais j'entends un cri, et je me retourne. À quelques mètres de moi, une femme s'affole en pointant son doigt en l'air. Je lève les yeux, aussi, et je vois ma fenêtre dégueuler une fumée épaisse sur mes géraniums.

12 h 22 mn 53 s...

Ciel et mer, même couleur, pas de ligne d'horizon, juste un flou artistique où les éléments se confondent, vaguement. Impossible de savoir ce qui est encore de l'eau, ce qui est déjà de l'air.

Elle sort d'une cabine en maillot de bain blanc. Elle traverse les planches, et avant de marcher sur le sable, elle retire ses tongs en allongeant délicatement ses pieds. Ici, on se déchausse avant de piétiner la plage lissée. Elle traverse la forêt de parasols multicolore et se dirige vers la mer. Au loin, quelques baigneurs déjà à l'eau flottent, immobiles, comme des bouchons fluorescents au bout d'une ligne. Elle croise des promeneurs sur fond bleu, étonnamment beaux sous la lumière du Nord. Pas de boudin sur cette plage, la plage est un Boudin.

Elle avance, maintenant, sur du sable bosselé qui rend sa démarche maladroite. Elle écrase une algue desséchée en grimaçant. À nouveau, elle traverse une allée nivelée. Elle tourne la tête et voit l'engin, là-bas, qui civilise la plage. La mer est basse et se laisse désirer. En se retirant, elle a laissé d'immenses flaques derrière elle, pédiluves obligatoires, refuges pour petits crabes mourants ou déjà morts.

Sous une mince pellicule d'eau, c'est le sable qui fait de minuscules vagues dures. Elle passe sa langue sur les reliefs de son palais. Le soleil lui chauffe le dos, ses seins tétonnent. Puis c'est une bande de coquillages, de fragments de coquillages, de fragments de fragments de coquillages qu'elle franchit. Elle se sent un peu fakir. Elle entend ses pas, puis ne les entend plus. Elle approche, elle y est presque. Le sable gorgé d'eau s'éclaircit autour de ses pieds. Une petite vague, pleine de bonne volonté, fait tout son possible pour lui mouiller, au moins, le bout des orteils, et y parvient enfin. Elle recule un peu pour échapper à la suivante, s'immobilise un instant, inspire profondément, et fait demi-tour. Ici, ça sent pas la moule.

Elle marche sur des traces de sabots qu'elle n'avait pas remarquées à l'aller – les chevaux venaient de passer – et refait le chemin en sens inverse, dos à la mer, face au soleil, jusqu'au milieu de la plage, où elle pose son sac de plage, en sort son drap de plage, qu'elle étend sur la plage, et y pose son cul, son très beau cul. Elle cherche dans son sac, quelque chose qu'elle ne trouve pas immédiatement, et prise d'un doute, elle se met à fouiller plus nerveusement, et finit par mettre la main sur un flacon d'ambre solaire, rassurée. Proust, aussi, est au fond du sac, tout corné, des miettes de biscuit entre les pages. Elle le sort et le pose à côté d'elle. Elle retire le haut de son maillot et ses seins pâles voient le jour. Deux vieux messieurs très bronzés passent, les yeux tordus sous leurs lunettes noires, et se régalent de ces seins blancs qui, déjà, roulent entre ses mains crémeuses. Et elle s'allonge sur le dos pour quelques finitions, quelques retouches, pour que le soleil lui caresse la poitrine, qu'un rayon lui tombe au fond du nombril, elle écarte ses bras, ses jambes, elle soulève le menton, pour que chaque centimètre carré de sa peau s'imbibe de lumière. Impossible de lire sur le dos sans que le livre lui fasse de l'ombre. Elle le referme et ferme les yeux. Des effluves de Shalimar portées par le vent dilatent ses narines. Petite pulsation clitoridienne. Elle s'endort.

Quelques mouettes se baladent sur le sable, croisent dans l'azur, traces de blanc dans le bleu pur. Mais on ne les entend pas. Elles se la ferment ici, ou elles dégagent. On n'est pas à Berck-Plage.

Elle se réveille, plus tard. Ses seins ont perdu leur regard insolent, ils ont l'air repus maintenant, ivres, luisants, plus lourds. Elle s'assoit, regarde un peu autour d'elle, éblouie. Plus loin, un cavalier désarçonné poursuit sa monture au triple galop. Elle s'enduit le dos de crème en se contorsionnant, puis se recouche sur le ventre. Elle prend son livre, l'ouvre à la page où elle l'avait laissé, cherche la phrase au milieu de laquelle elle s'était arrêtée, mais la blancheur éclatante du papier, sous le soleil, lui fait plisser les yeux et rend sa lecture douloureuse. Elle abandonne et pose sa tête sur ses bras croisés. Au loin, là-bas, la cavalcade continue. Elle s'assoupit à nouveau.

Un petit vent frais se lève, qui lui souffle sur le dos et lui donne la chair de poule. Le Soleil est presque noir au-dessus d'elle, mais elle ne s'en doute pas. Elle pense que c'est un nuage sombre, qu'il passera. Elle attend que l'astre à bronzer se remette à lui effacer la marque du maillot.

La Lune passe.

12 h 23 mn 01 s...

Avant l'éclipse, l'apéro. C'est sur mon chemin.

Quand j'ai ouvert la porte du café, le vieux berger allemand du patron est sorti sur le trottoir dans un nuage de fumée et d'éclats de voix. J'avais pris mon chien dans les bras pour entrer, pour qu'on ne lui marche pas dessus. J'ai fait le tour des quelques tables pour saluer tout le monde, des turfistes m'ont soutiré quelques tuyaux, et quelqu'un m'a même demandé quels chiffres je voyais pour le Loto de ce soir. J'ai parlé un peu avec eux, et je les ai laissés pour aller au bar.

Je n'avais pas encore grimpé sur mon tabouret que Nono, le patron, m'avait déjà servi un p'tit blanc. Comme un vieux couple, on n'a pas besoin de se parler pour se comprendre. Il sait ce qui me fait plaisir. Il me connaît par cœur. Un p'tit blanc, en semaine, et le dimanche, un kir. Quand je paye, c'est pareil, je lui casse pas les pieds à lui demander combien je lui dois ; je connais les tarifs, je sais faire une addition, faut pas être con. Je pose ce que je dois sur le comptoir, cinquante centimes de pourboire la semaine, un franc le dimanche, et voilà. Si tous les clients étaient comme moi...

— Pas vrai, Nono ?

— On peut rêver, monsieur Roger.

Fifi, le mécano, s'est tourné vers moi et m'a serré la main à bloc.

— Alors, monsieur Roger, je croyais que vous alliez voir l'éclipse ?

— Mais j'y vais, j'y vais, j'ai tout mon temps.

Et j'ai regardé ma montre avant de préciser :

— Début de l'éclipse partielle dans moins d'une demi-heure. Maximum de l'éclipse à 12 heures 23 minutes et 01 seconde, j'ai largement le temps.

— Vous m'épatez, monsieur Roger.

Il est bien Fifi, il est sympa, je l'aime bien, c'est un type bien. Je lui ai payé un verre et j'en ai repris un.

On m'appelle monsieur Roger ici, ce qui est, sans me vanter, un grand signe de respect au royaume des diminués, des diminutifs. On me considère un peu comme un sage, comme celui qui sait, celui qui tranche. « T'as qu'à demander à monsieur Roger. » « Et qu'est-ce qu'il en pense monsieur Roger ? » « Monsieur Roger, il dit que non. » « Monsieur Roger, il dit que oui. » « Merci, monsieur Roger. » Politique intérieure, politique étrangère, économie, faits divers, sciences, sports, santé, culture, trot attelé, trot monté, plat, steeple-chase, et tout le reste : je maîtrise. Je me balade. Mais ça se travaille, tout ça. Et même si c'est difficile, si c'est lourd à porter parfois, j'assume. Je n'ai pas le droit de décevoir tous ces gens. Il faut dire que je me sens bien, ici, et je crois que tout le monde m'aime bien.

— Pas vrai, Fifi ?

— Ça c'est sûr, monsieur Roger.

Depuis que je suis à la retraite, depuis que je vis seul, j'ai tout mon temps ; alors je viens ici, tous les jours, plusieurs fois par jour. Je fais un peu partie des murs.

— Ça fait combien de temps qu'on se connaît, Nono ?

— Combien de temps qu'on se connaît ?...

— Oui, que je viens ici...

— Que vous venez ici, monsieur Roger ?...

— Oui...

— Alors là, vous me posez une colle... Ça fait longtemps, c'est sûr, mais vous dire exactement... Ça doit bien faire six ou sept ans...

Je l'ai regardé en souriant, sans rien dire, en le laissant mariner un peu avant de répondre :

— Dix ans. Dix ans, dans trois jours. La première fois que je suis entré ici, c'était le 14 août 89.

— Le 14 août 89 ?

— Et ouais...

— Vous avez une de ces mémoires...

— Je m'en souviens comme si c'était hier. Je suis entré, et je te vois encore... t'étais là... t'avais encore les cheveux longs à l'époque...

— Exact, exact...

— ... t'étais là et tu parlais avec Riri...

— Richard ?

— Non... Riton. Richard, il est arrivé ici qu'en 92. En février 92. Il était dans le Sud, avant...

— Ah ben oui.

— ... tu parlais avec Riri du gars qu'était mort en traversant, là, juste à côté.

— Quelle mémoire, monsieur Roger !

— Rivolini, qu'il s'appelait le gars.

— Incroyable !

— ... donc toi tu parlais avec Riri et tu m'as demandé : « Qu'est-ce que je vous sers ? » Moi j'ai dit : « Un p'tit blanc... » Déjà à l'époque, tu vois... Et alors toi tu m'as dit : « Sauvignon ou sylvaner ? » J'ai dit : « Vous avez pas de muscadet ? » « Non. Sauvignon ou sylvaner. » Tu vois si je me souviens...

— Vous aviez pris quoi, alors ?

— Du coup j'avais pris un café. Tu sais, moi, c'est muscadet ou rien...

— Je sais bien...

— Et alors, ce qui est drôle... c'est que comme je revenais chaque jour et que je te demandais la même chose, au bout d'une semaine, t'en avais du muscadet. Tu te souviens ?

— Pas bien, non...

— Ben si je te le dis.

— Ah mais je dis pas le contraire, je vous crois... C'est grâce à vous, si je sers du muscadet, alors ?

— On peut dire ça, oui.

— Incroyable...

— Et tu sais pourquoi je m'en souviens de la date ?

— Non.

— Parce que le 14 août, c'est l'anniversaire de mon chien, et je me souviens qu'on était venus boire un coup pour l'occasion.

— Ça lui fait quel âge, maintenant ?

— Treize ans. Pas vrai, Mirzou ?

— Ouaf !

Et là, quand Mirzou a aboyé, tout le monde a éclaté de rire. Ça marche toujours, ce truc-là. Je lui ai donné un sucre, et j'ai poussé mon verre vide vers Nono qui s'est retourné pour prendre la bouteille et me resservir, sans un mot, sans interrompre la conversation. C'est à ce genre de détail que l'on reconnaît un vrai barman : à sa vigilance, à son œil, à son silence. On ne lui demande pas de savoir faire des cocktails avec des noms à coucher dehors, dont personne n'a rien à cirer. Un grand barman, c'est celui qui est en harmonie avec le buveur. C'est un félin, rapide, souple, discret. Quelqu'un qui vous ressert sans faire de bruit, comme si jamais vous ne le lui aviez demandé.

J'ai remarqué un type au bout du bar qui écoutait

l'air de rien, un sourire moqueur aux lèvres. Un type que j'avais jamais vu. Une vraie tête de con.

J'ai payé un verre au patron et on a trinqué. Quelqu'un s'est approché dans mon dos en posant sa main sur mon épaule. C'était Lulu. Il m'a demandé ce que je voyais pour cet après-midi dans le tiercé. Il m'aimait bien Lulu, je lui avais fait gagner tellement d'argent avec mes tuyaux qu'il avait pu arrêter de bosser. Je lui ai dit que Calamité des Ifs me semblait en grande forme en ce moment, qu'elle savait finir ses courses, et qu'elle était capable d'un coup d'éclat. Sa cote serait intéressante et son driver restait sur une série de victoires. Même si elle n'aimait pas le départ à l'autostart, il fallait s'en méfier, d'autant plus qu'elle courrait avec des œillères, aujourd'hui. Il avait l'air ravi, Lulu. Il a pris note, et m'a payé un verre pour me remercier. Et c'est là que tout s'est gâté ; à cet instant précis, que tout a basculé.

— Jamais de la vie !

Ce type, au bout du bar, que j'avais jamais vu, que personne n'avait jamais vu, venait de s'adresser à moi.

— Pardon ?...

Il m'a dit :

— Sauf votre respect, si vous conseillez Calamité à ce monsieur, c'est que vous n'y connaissez rien. Vous allez lui faire perdre de l'argent.

Je dois dire que je me suis senti un peu déstabilisé. Le muscadet commençait à me tourner la tête et je n'ai pas su répondre tout de suite, je n'ai pas trouvé les mots pour lui clouer le bec, et il a profité de cette faiblesse pour enchaîner et me dire devant tout le monde que j'avais oublié un élément essentiel, qui était l'éclipse, et qui changeait toutes les données du problème. Selon cet imbécile, Calamité n'était pas la jument à gagner un jour d'éclipse, c'était même le dernier cheval à pouvoir le faire, d'autant plus qu'elle partirait au second poteau, ce qui ne lui faciliterait pas la tâche. Par contre, Capybara, qui serait déferré des postérieurs, lui paraissait bien plus probable, d'autant plus qu'il avait remporté la même épreuve, l'année dernière, et que le terrain serait un peu lourd cet après-midi, ce qui lui convenait à merveille. Il a exposé bien d'autres arguments encore, et a conclu en s'adressant à Lulu et en lui faisant un clin d'œil : « Jouez Capybara, c'est du tout cuit. Vous me remercierez. » Et Lulu lui a souri, et a pris note.

J'avais essayé d'intervenir, de le couper, de trouver une faille, mais je n'ai pas pu, et je suis resté là, sans voix. Moi, monsieur Roger, qui ai donné je ne sais combien de quintés dans l'ordre, moi qui sens le cheval, moi qui bouffe de l'avoine chaque matin... Et comble de l'humiliation, il m'a payé un verre et m'a dit : « Sans rancune. »

Je l'ai à peine remercié et j'ai bu d'un trait avant de remettre une tournée générale, dans la foulée, pour effacer l'affront que je venais de subir. Il y a eu une grande clameur autour de moi, et j'ai repris un peu du poil de la bête.

J'ai senti que tout le monde cherchait à oublier ce qui venait de se passer. Nono me regardait d'un air prévenant :

— Ça va, monsieur Roger ?

Mon coude a glissé sur le zinc, j'ai perdu mon appui, et j'ai failli me cogner la tête sur le coin du comptoir. Personne n'a rien vu, heureusement, ou personne n'a voulu voir, sauf ce type qui évidemment s'est fait un plaisir de pouffer de rire. J'avais l'impression qu'il s'était rapproché de moi, ou que le bar avait raccourci. Je lui ai tourné le dos.

Au moment où je me suis dit qu'il fallait que je lève le pied, Nono a rempli mon verre. J'ai regardé ma montre, j'avais encore un peu de temps.

Me faire ça, ici, devant tout le monde, moi qui avais prévu l'invasion du Koweit...

— Et l'invasion du Koweit, je l'avais pas prévue, peut-être ? Je l'avais pas dit, ici même, devant toi, Nono ?

— Et comment, monsieur Roger...

— Alors !...

Et Momo est entré. C'est un gars sympa Momo, je l'aime bien. J'ai dit à Nono qui ne l'avait pas vu :

— Tiens, voilà Momo, Nono.

— Maurice ?

— Mohamed.

Il est venu au bar, nous serrer la main. Il n'avait pas l'air en grande forme. Je lui ai demandé ce qui n'allait pas, il m'a parlé de ses problèmes de santé qui ne s'arrangeaient pas.

— T'as fait des analyses ?

— Je fais que ça.

— Et qu'est-ce qui dit ton médecin ?

— Y sait pas.

— Tes plaquettes sont comment ?

Momo haussa les épaules.

— Et ta VS, elle est à combien ?

— Ma quoi ?

— Vitesse de sédimentation...

— J'en sais rien, moi.

— Ramène-moi tes analyses, demain, et je te dirai ce que j'en pense. Il faut que je voie à combien est ta VS, sinon je peux rien dire.

Il avait l'air content que je m'occupe de lui, Momo, et il m'a payé un verre. Le type s'était encore rapproché. Il était tout près de moi, maintenant. Il s'est raclé la gorge avant de se mêler à la conversation et nous a dit qu'il s'y connaissait un peu parce que le frère de sa belle-sœur était médecin. Y en a qui ne perdent pas une occasion de la ramener. Il s'est permis de me dire que je faisais fausse route et que la VS n'indiquerait rien d'intéressant, qu'elle n'était que le témoin d'une infection ou d'une inflammation, ce qu'on savait déjà au regard des symptômes que Momo avait exposés. Il nous a dit que ce qu'il fallait, c'était pouvoir distinguer, justement, s'il s'agissait d'une atteinte infectieuse ou alors inflammatoire, ce qui, évidemment, changeait radicalement le traitement. Il s'est approché de Momo – « Vous permettez ? » – pour lui regarder au fond des yeux.

— Ce qui serait bien, c'est que je puisse voir vos radios, et vos analyses aussi, pour vos transaminases. Je serai là demain à la même heure.

Momo est resté là, estomaqué, comme les autres. Il l'a remercié chaleureusement, et lui a dit qu'il viendrait demain avec ses analyses, ses radios, et même son compte rendu d'hospitalisation.

Cette fois, je ne suis pas resté muet, et pour témoigner de mes réserves, j'ai dit à Momo :

— Tu sais, je ne suis pas tout à fait d'accord avec son raisonnement...

Mais Momo s'en foutait. Il ne m'a même pas entendu, je crois. Quelqu'un l'avait appelé à une table, et il y est allé. Il avait déjà l'air d'aller mieux. J'ai maudit cet intrus. Me faire passer pour un ignorant, me dire ça à moi qui avais prédit, il y a dix ans déjà, qu'il serait possible de faire une greffe de la main. J'avais même dit une greffe des deux mains.

— Et je le dis, maintenant, devant tout le monde, qu'on m'entende... on greffera un pied, bientôt... Je m'y connais un petit peu, tout de même !... Pas vrai, Nono ?

— C'est sûr...

— C'est comme l'euro... qu'est-ce que je t'ai dit au sujet de l'euro ?

— Je sais plus, monsieur Roger.

— Tu sais plus ?

— Non...

— Je t'ai pas dit devant témoin, ça doit faire au moins cinq ans, que l'idéal serait que l'euro soit à six francs cinquante-cinq ?

— Je sais plus, monsieur Roger.

— Comment ça, tu sais plus ? Il y avait même Bébert qui était là.

— Norbert ?

— Bernard.

— Ah oui... peut-être... je m'en souviens, oui...

— Alors !... J'ai peut-être un peu bu, mais je sais ce que je dis tout de même.

— Mais je dis pas le contraire...

J'ai regardé ma montre et je me suis concentré jusqu'à ce que les aiguilles arrêtent de se tortiller. J'avais encore un peu de temps.

— Tiens, ressers-moi.

— Vous deviez pas aller voir l'éclipse, monsieur Roger ?

— Je vais y aller, t'inquiète pas, j'ai encore le temps. Tu penses pas que je vais louper ça, non ? Au moins dix ans que j'attends ça. Personne savait qu'il allait y avoir une éclipse, il y a dix ans, sauf les astronomes, à la limite. Mais moi, il y a dix ans, je le savais déjà.

— Incroyable...

Dans mon dos, on parlait de l'éclipse, aussi, et j'entendais des tas de conneries qui me faisaient doucement rigoler. « Et quelle idée de faire ça en pleine semaine, à l'heure de midi... » « Qu'est-ce que j'en ai à foutre, moi, de l'éclipse ? Ça va changer quoi, pour moi ? Tu peux me dire ? Rien. Pas ça. » « Il paraît que Mir va nous tomber sur la gueule... » « Et qui c'est qui paye, tout ça... » J'écoutais et j'attendais le moment idéal pour intervenir, et briller de tous mes feux. Je n'ai pas eu longtemps à patienter. Dédé s'est tourné vers moi.

— Tiens, monsieur Roger, on se demandait, justement, c'était quand déjà, la dernière éclipse ?

Je n'ai pas perdu une seconde, je n'ai pas laissé la moindre opportunité à mon rival de s'immiscer dans la conversation. D'ailleurs tout le monde savait que c'était moi, le vrai spécialiste. Je connaissais mon sujet sur le bout des doigts. Certains m'appelaient même « le professeur » depuis que de temps à autre, le soir, je leur faisais un petit cours sur le sujet entre deux parties de dés. Quelque chose d'assez sommaire, une simple initiation, mais qui avait eu un certain retentissement, tout de même.

J'ai repris :

— La dernière éclipse totale ?

Ils ont acquiescé.

— Le 15 février 1961, sur une ligne de Bordeaux à Nice. J'y étais. Et celle d'avant, c'était le 17 avril 1912, mais c'était une éclipse annulaire-totale, elle n'a duré que deux secondes.

— Et la prochaine, monsieur Roger, c'est quand ?

— Le 3 septembre 2081.

J'ai regardé le type du coin de l'œil, qui faisait toujours semblant de lire son journal. Je l'attendais de pied ferme, mais il n'a pas sourcillé. J'ai pensé qu'il avait son compte. L'honneur était sauf. Il était temps de songer à y aller, maintenant. Je ne voulais surtout rien manquer du spectacle. J'ai sorti mon argent pour payer, j'avais du mal à compter, lorsque le type a levé le nez de son journal et m'a demandé :

— Et les éclipses partielles, c'était quand déjà ?... j'ai comme un doute.

Je l'ai regardé et j'ai blêmi. Les autres étaient suspendus à mes lèvres. Tout s'est mélangé dans ma tête, toutes mes connaissances et mes idées cuisinées au vin blanc ; et j'ai séché lamentablement comme un cancre au tableau. Pour asseoir mon ridicule, encore, j'ai repris en balbutiant :

— Les... les éclipses partielles ?... Vous parlez bien des éclipses partielles ?...

J'ai senti que les espoirs de tout le monde s'effondraient. J'ai entendu des murmures, un ricanement, même, et je me suis fait tout petit sur mon tabouret. Tout petit.

Par pure cruauté, il m'a laissé chercher encore, puis s'est écrié :

— Ah, ça y est, je m'en souviens ! Il y en avait une en 28, en... 49, oui c'est ça... en 54 et en 68. En septembre 68, je crois... Et puis en 94 et en 96. Ce qui fait six éclipses partielles, plus trois éclipses totales, ce qui nous en fait neuf. Le compte y est. On oublie de ces choses, parfois...

Et il ne s'est pas arrêté là. Pour enfoncer le clou, il s'est mis à leur expliquer tout le phénomène en détail. Je ne l'écoutais plus, mais je l'entendais parler de périgée et d'apogée, de périhélie et d'aphélie, des grains de Baily, aussi, et de toutes ces choses bien trop compliquées pour des néophytes. J'ai trouvé ça ridicule, mais eux buvaient ses mots. J'ai attrapé la bouteille qui était à ma portée et je me suis resservi pendant que Nono était captivé par cette enflure. Obligé de me servir moi-même, moi, monsieur Roger, qui avais pressenti l'eau sur Mars avant même que les sondes ne le confirment ; moi qui avais prévu la chute du mur de Berlin, la guerre en Yougoslavie, la dissolution de l'Assemblée, la victoire de la France en coupe du monde ; moi qui avais dit qu'on allait faire un trou dans la couche d'ozone si on continuait comme ça... Obligé de me servir tout seul... J'étais tombé bien bas.

Le type a mis un terme à son exposé et ils ont tous applaudi. J'ai fait remarquer qu'il y avait certaines zones d'ombres dans son *laïus*. Mais personne n'a entendu ma voix, noyée dans l'enthousiasme général. J'ai voulu me lever, partir sans me retourner, et ne plus jamais revenir. J'ai voulu y aller, enfin, voir cette éclipse, ne plus en parler, ne plus en entendre parler, simplement la voir. J'ai voulu, mais je n'en ai pas été capable. Je n'ai pas pu bouger. Mon tabouret avait pris de l'altitude et flottait au-dessus du sol. Tous les petits blancs que j'avais avalés avaient fait un grand blanc, un très grand blanc, comme les petits ruisseaux font les grandes rivières. Le muscadet avait dilué le rouge de mon sang et c'était du rosé qui devait couler dans mes veines, maintenant.

Et ils sont tous sortis sur le trottoir sans s'occuper de moi. Nono a fait le tour du comptoir et les a suivis. Avant de franchir la porte, il m'a dit :

— Reste-là, Gégé, avec tout ce que t'as bu, il faut pas aller au soleil, c'est le docteur qui l'a dit.

— Quel docteur ?

— Le type, je veux dire...

Et je suis resté là, seul, avec mon chien à mes pieds, agrippé au comptoir, incapable de me lever, de peur de tomber. J'ai dû m'endormir, je crois, la tête sur le zinc.

Lorsqu'ils sont rentrés, un peu plus tard, Nono a dû me secouer pour me réveiller.

— Tu sais pas ce que t'as manqué, Gégé... C'était incroyable ! Fantastique ! Et l'astronome nous a tout expliqué...

— Quoi ?... Quel astronome ?...

— Le type, tu sais bien...

J'ai entendu une voix qui disait : « Le blanc, c'est traître, surtout à jeun. »

Et j'ai encore eu la présence d'esprit de réagir en gueulant :

— C'est vous qui êtes des traîtres ! Vous tous !

— Du calme, Gégé, du calme...

— Et je vous l'avais pas dit que Mir nous tomberait pas sur la gueule ? Je vous l'avais pas dit, peut-être, que c'était des conneries, tout ça ?

— Mais oui, Gégé, mais oui... On va te ramener chez toi.

C'est là, seulement, alors que Nono me prenait sous le bras, que j'ai réalisé qu'il m'avait appelé Gégé.

12 h 23 mn 55 s...

Pas un chat depuis ce matin. Qu'est-ce que j'ai qui ne leur plaît pas, aujourd'hui ? On n'aime plus mes gros lolos ? C'est ma jupe qui est trop longue, ou quoi ? Ça m'inquiète un peu. Je me pose des questions. J'en ai quand même refusé un, tout à l'heure, qui est venu tout droit vers moi, sûr de lui, en me parlant d'argent, tout de suite. Je lui ai dit : « C'est comme ça qu'on parle aux femmes ? » et je l'ai envoyé se faire voir. Ceux qui sont pas fichus de me faire la cour, rien qu'une minute, de me dire au moins que j'ai de beaux yeux, ou de grosses fesses, j'en veux pas. Ceux qui ont l'impression que tout est gagné d'avance, ils dégagent. Vu l'affluence, je me demande si j'ai pas eu tort, tout de même.

D'habitude, à cette heure-là, j'ai déjà fait plus d'un heureux, mais aujourd'hui, tout est mort. Même l'épicier du coin en branle pas une.

C'est parce que j'ai changé de rouge à lèvres ? Je

fais vulgaire, c'est ça ? Mais où ils vont, tous ? Qu'est-ce qu'ils ont à passer, comme ça ? J'ai dit à ma collègue qu'ils avaient la tête ailleurs aujourd'hui. Elle m'a répondu : « C'est à cause de l'éclipse. » Et là, je m'en suis souvenue... Et ça m'a rassurée de savoir qu'on me trompait pour la Lune. Alors, tant qu'à faire, je me suis dit que j'allais y aller, moi aussi, plutôt que de rester là, à attendre pour rien. Je me suis remaquillée, pour l'occasion, j'ai arrangé mon décolleté, et au moment où je m'apprêtais à y aller, en voilà un qui ralentit, qui hésite, et qui s'approche. Il s'en fichait un peu, lui, des accouplements sidéraux, des symboles à la con et des métaphores de mon cul. Il avait l'air un peu triste, il lui fallait du concret ; de la peau et des odeurs, de la chair et des cris, et ces choses de la Terre.

On est montés. Et pendant que dehors, le Soleil nous faisait son cinéma gratis, je lui ai fait le mien pour pas cher.

12 h 24 mn 02 s…

Dans la maison calme, assis à la table de la cuisine, sur la vieille toile cirée balafrée de partout, Joseph massacrait le poulet qu'il avait fait cuire spécialement pour se préparer deux sandwichs qu'il mangerait sur place. Un avant, pour patienter, et l'autre après, pour se remettre de ses émotions. Il partirait à temps pour s'installer tranquillement, un peu à l'écart. Il pressa le tube de mayonnaise jusqu'à ce qu'il rende l'âme, puis l'enroula sur lui-même pour que rien ne se perde de la précieuse substance. Il écrasa ses sandwichs entre ses mains immenses, avant de les emballer dans les avis de décès du journal de la veille. Il passa ses mains visqueuses sous l'eau, les essuya sur son T-shirt qu'il fourra dans son short satiné, éteignit la lumière en sortant de la cuisine, puis sortit de chez lui avec sa musette en bandoulière. Il vérifia une dernière fois qu'il n'avait rien oublié, et surtout ses lunettes. Il était assez bricoleur, et faute d'avoir pu acquérir celles qu'on avait voulu lui vendre pour une somme astronomique, sur les conseils avisés de son cousin, qui était quelqu'un d'assez brillant, il s'en était fabriqué une paire, à l'aide de deux petites passoires qu'il avait soudées l'une à l'autre, qui lui permettrait d'observer l'éclipse en toute sécurité. Après s'être assuré qu'elles étaient bien au fond de son sac, il traversa le jardinet jusqu'à la remise. Pour sortir son vélo qu'un râteau accrochait par les rayons, il dut tirer de toutes ses forces sur le guidon jusqu'à ce qu'un éboulement d'outils et de ferraille le libère. Il l'enfourcha et prit la route.

En arrivant à la lisière de la forêt, à l'endroit qu'il avait choisi depuis longtemps, qu'il avait jugé idéal, il s'étonna beaucoup de n'y voir personne. On avait tant parlé de l'événement, que le calme de l'endroit lui parut surprenant. Il posa son vélo sur sa béquille et s'assit dans l'herbe un peu humide.

Pas un nuage, la nuit serait belle. Au loin, il entendit sonner minuit au clocher du village. Il se sentit très excité. Dans moins de vingt-cinq minutes, maintenant, lentement, la Lune s'effacerait de devant le Soleil, le laisserait alors apparaître, en pleine nuit, et là, comme par miracle, il ferait jour pendant plus de deux minutes. Puis la Lune reprendrait sa place, doucement, et la nuit redeviendrait la nuit. S'il avait bien tout compris – la mécanique du phénomène lui avait paru assez complexe –, à quelques détails près, c'est ce qui se produirait devant ses yeux à 12 heures

24 minutes et 02 secondes. Il regarda sa montre, encore une fois, puis sortit sa gourde et un sandwich de son sac. Il choisit le plus petit. En mangeant, il ne put s'empêcher de songer avec consternation à l'indifférence des villageois, au mépris pitoyable pour les astres dont ils faisaient preuve. Il se jura que demain, à ceux qu'il verrait, il ne manquerait pas de dire ce qu'il pensait. Il entendait déjà leurs excuses vaseuses de travailleurs fourbus, il aurait droit au couplet de ceux qui se lèvent tôt, et qui ont d'autres chats à fouetter. Il se rassura en pensant qu'il y en aurait bien quelques-uns, parmi eux, qui sortiraient au moins sur le pas de leur porte pour assister au phénomène. Puis il finit par trouver ça agréable d'être tout seul ici, avec pour compagnie deux ou trois lucioles, quelques oiseaux de nuit, et dans son dos, les craquements des branches mortes sous le poids d'animaux invisibles, les frémissements du sous-bois. Là-haut, il reconnut la Grande Ourse – *Ursa Major* – et aussi la Petite Ourse – *Ursa Minor* – et... et c'est tout. Le reste était tout en désordre.

Il ajusta ses lunettes. Les yeux fixés sur sa montre, il commença un long compte à rebours, à voix haute, jusqu'à la seconde où le phénomène devait se produire, où il bascula les yeux dans les étoiles, et où rien ne se produisit. Il scruta le ciel, pourtant limpide, avec une tension extrême, pendant un long moment, puis commença à s'inquiéter. Au bout d'une demi-heure, il ne s'était toujours rien passé. Il fut pris d'une profonde déception. Il finit par s'assoupir, malgré lui, pour ne se réveiller que beaucoup plus tard, glacé par la rosée. À moitié endormi, il se leva, chancelant, prit son vélo, et partit en donnant un grand coup de talon sur la dynamo capricieuse. Il manqua de s'étaler. « Ils se foutent vraiment de la gueule du monde », songea-t-il.

En levant les yeux, une dernière fois, il vit une étoile filante rayer l'obscurité. Il ne fit pas jour, cette nuit-là.

12 h 24 mn 37 s...

C'est en sortant de la douche que tout a commencé, ce matin-là, quand je me suis rendu compte en me regardant dans le miroir que ce n'était pas mon peignoir que je venais de passer. Et déjà, je vous vois vous délecter de je ne sais quelle histoire croustillante d'un amant de Sabine, suffisamment idiot pour venir avec son peignoir chez nous, encore plus idiot pour l'y oublier. N'allez pas chercher tout de suite le scandaleux, le scabreux, où il n'est pas. J'entame à peine mon récit, et déjà, je vous sens avide de me voir ridicule, trompé, malheureux. Les choses sont tout autres, bien plus banales. Je m'explique : nous avons deux peignoirs de la même couleur, du même modèle, de la même marque. Deux peignoirs lilas qu'on nous a offerts à Noël, avec deux draps de bain lilas et deux serviettes lilas. Deux peignoirs tout à fait identiques, de la même taille, même – je suis à peine plus grand que Sabine – que rien ne distingue l'un de l'autre, mis à part le fait que sur le mien est brodé « Lui » sur la poitrine, alors que sur celui de Sabine est brodé « Elle », ce qui nous permet de nous y retrouver en faisant un tout petit peu attention. C'est en sortant de la douche donc, sans m'en rendre compte, que j'ai passé le peignoir de Sabine, persuadé qu'il s'agissait du mien, puisqu'il ne restait plus que celui-ci à l'un des deux crochets prévus à cet effet, à mon crochet qui plus est, ce qui m'a donc d'emblée conforté dans l'idée qu'il s'agissait sans aucun doute de mon peignoir. Je ne me suis d'ailleurs même pas posé la question. En fait, cela faisait une demi-heure que Sabine portait le mien qu'elle avait passé après son bain, il faut le dire, avec la plus grande désinvolture, en toute connaissance de cause, je présume. Ce n'est que lorsque la buée eut disparu du miroir de la salle de bains – il faut que j'attende que la buée disparaisse d'elle-même, car si j'essuie le miroir avec ma main ou avec n'importe quoi d'autre, je laisse des traces, et Sabine m'assassine –, alors que je m'apprêtais à me raser, que je me suis rendu compte du ridicule de la situation. Depuis un quart d'heure au moins, je me promenais avec « Elle » brodé sur la poitrine. Ça n'a l'air de rien, peut-être, lorsqu'on n'est pas concerné par la chose, mais il faut reconnaître qu'il est assez désagréable d'avoir l'air d'un con.

J'ai peut-être réagi avec trop d'impulsivité, c'est vrai, je me suis peut-être un peu emporté, c'est possible, mais il me semble, même avec du recul, que ma réaction était compréhensible. Il y en a qui salivent déjà en imaginant que je l'ai cognée, en pensant que je me prépare à des confessions larmoyantes où j'avoue l'avoir frappée, de mes poings, jusqu'au sang, me sentant possédé par la haine, par Satan. Certains ne seraient pas mécontents non plus que j'évoque une voix divine m'ayant commandé d'en finir avec cette salope, que l'histoire s'achève en quelques coups de couteau de cuisine bien placés, là où la peau est le plus tendue. C'est bien mal me connaître. Pour une histoire de peignoir, il faudrait être cinglé. J'ai certains défauts, sans doute, comme tout le monde, mais tout de même, permettez-moi de vous le dire, il faut être sacrément tordu pour se laisser aller à imaginer des choses pareilles.

Nous avons eu des mots, c'est tout, c'est déjà beaucoup. C'était de ma faute, paraît-il. Alors malgré le fait qu'au plus fort de la dispute, elle m'ait reproché d'avoir une haleine de vieux chien, ce qui soit dit en passant n'avait strictement rien à voir avec le motif de notre engueulade, ce qui prouvait évidemment qu'elle était à court d'arguments et que, tacitement, elle reconnaissait que s'il y avait précisé sur nos peignoirs « Elle » et « Lui » c'était pour une raison logique qu'il fallait respecter, sinon plus rien n'avait de sens ; malgré ses bassesses, donc, même si, moi aussi, je m'étais laissé aller, je le concède, à lui faire remarquer qu'il ne fallait pas avoir peur des mots et que la coquetterie qu'elle avait dans l'œil me paraissait être ce qu'on appelle un strabisme, un strabisme divergent, plus précisément, malgré tout ça, c'est moi qui ai fait le premier pas pour que nous nous réconciliions et c'est moi qui ai cherché à me faire pardonner. C'était une journée importante et je ne voulais pas la gâcher. Nous devions aller voir l'éclipse en amoureux, sur le Pont-Neuf, comme je l'avais proposé, ou aux Tuileries, comme elle l'avait suggéré, nous n'avions pas encore décidé exactement.

C'est donc pour me faire pardonner, pour tirer un trait sur notre altercation, que plein de bonne volonté, je me suis mis en quatre pour lui préparer dans la demi-heure qui a suivi un petit déjeuner digne d'une reine, avec des fruits exotiques dont elle n'avait jamais vu la couleur, des croissants miniatures, des pains au sucre, des pains au lait, des pains au lait au sucre, des confitures rares, et au milieu de la table, un bouquet de roses blanches à cinq cents balles. Je n'ai pensé qu'après qu'elle n'aurait peut-être pas fait la différence entre un bouquet à cinq cents et un bouquet à trois cents qui aurait sans doute tout aussi bien fait l'affaire. C'est mon défaut, parfois j'en fais trop. Évidemment, il y en a qui imaginent qu'elle a balayé la table d'un seul geste, qu'elle m'a balancé les roses à travers la gueule, qu'elle est sortie en claquant la porte, et que je ne l'ai plus jamais revue. Comme le soufflet sur la braise, certains aiment attiser les histoires ordinaires, pour qu'elles se compliquent, qu'elles se consument, et que naissent de petites flammes de désespoir, au-dessus desquelles ils ont plaisir à se frotter les mains. Certains esprits vicieux semblent attendre le malheur des autres avec une jouissance exquise, et par leur désir pervers, permanent et toujours inassouvi de conflits, de heurts, de catastrophes, ils sont sans doute responsables des malheurs du monde, qui par je ne sais quel phénomène ondulatoire ou corpusculaire, par quel mécanisme magique, proviennent, j'en suis sûr, des mauvais esprits qui ont de mauvaises pensées. D'ailleurs comment serait-elle sortie en claquant la porte ? Elle était encore en peignoir – le sien.

Au contraire, bien au contraire, nous nous sommes souri, nous nous sommes embrassés, ce qui prouve, tout de même, que ma soi-disant mauvaise haleine n'était qu'une invention ridicule, une banderille dérisoire destinée à me piquer au vif et à me faire douter de moi. Elle a fermé les yeux, bien avant que nos lèvres se touchent, par prévenance, sans doute, pour m'éviter la vision rapprochée de son œil boudeur. Elle n'a interrompu notre baiser que pour éviter que le lait ne se sauve. J'ai bondi, il était temps, et je me suis empressé de retirer la casserole du feu avant qu'une avalanche de mousse blanche ne se répande sur les plaques, ce qui n'aurait pas manqué d'entraîner des sermons interminables de sa part. Comme elle adorait le chocolat chaud, j'avais acheté le meilleur cacao pour lui en préparer un qui resterait mémorable. Je le lui ai servi, et nous nous sommes mis à reparler de l'endroit que nous choisirions pour aller observer l'éclipse. Tout était oublié. Tout allait bien.

Tout allait bien, jusqu'au moment où elle a porté sa tasse à ses lèvres et où subitement elle a tout recraché en reposant précipitamment son chocolat sur la table et en s'en renversant la moitié sur les jambes. J'entends les gémissements de ceux – toujours les mêmes – qui se caressent en voyant gros comme une maison la tentative d'empoisonnement en train d'échouer. Les minables... Il s'agissait de la peau du lait. Sabine détestait la peau du lait, elle en avait un dégoût profond, un écœurement viscéral, et lorsque celle-ci s'était collée à ses lèvres, elle n'avait pas supporté, et prise de nausées, elle s'était précipitée hors de la pièce, défigurée par d'horribles grimaces. J'avais sans doute commis une petite négligence, mais était-ce pour autant une raison de se livrer à de telles démonstrations hystériques ? de faire un tel cinéma ? J'ai toujours soupçonné – cela reste entre nous – qu'il y avait dans cette aversion quelque chose de profondément sexuel, en lien sans doute avec certains autres dégoûts que Sabine manifestait lors de nos rapports amoureux. Il faudrait bien que nous en parlions sérieusement un jour ou l'autre.

Évidemment, lorsqu'elle est réapparue, nous n'avons pas pu éviter le conflit. Elle m'a traité d'imbécile, je lui ai rétorqué qu'elle n'était qu'une pauvre tarée. Le petit déjeuner s'est poursuivi dans un silence total, sans l'échange d'un seul regard. J'étais déterminé à ne pas céder, et j'ai bien fait. Assez rapidement, finalement, elle m'a demandé de l'excuser pour son comportement. J'ai passé l'éponge. Nous nous sommes embrassés, nous nous sommes susurré des mots doux à l'oreille, cela ressemblait même à des propositions, et j'ai senti que le moment était idéal pour lui parler de ce qui me trottait dans la tête depuis longtemps : cette conviction que j'avais, que j'évoquais précédemment, que son dégoût de la peau du lait était sans doute en lien avec certaines répulsions, certains blocages d'ordre sexuel qui perturbaient nos relations. Il y avait certainement quelque chose à creuser. Je lui ai dit que j'étais disposé à l'écouter, qu'elle pouvait se confier, et que si elle désirait consulter, je serais tout à fait prêt à la soutenir, et à l'aider à trouver quelqu'un de bien pour envisager une analyse, ou plutôt une thérapie qui me semblait plus appropriée à son cas étant donné l'urgence de la situation. Elle m'écoutait avec de grands yeux attentifs, sans rien dire, pendant que je la mettais en confiance en lui tenant la main. Elle m'a laissé finir, puis elle a éclaté de rire ; un rire forcé dont je connais les fausses notes par cœur. Elle a été méchante, vraiment méchante, sans autre intention que de me blesser. Elle m'a répondu froidement que le seul dégoût dont elle avait conscience lors de nos accouplements – elle a employé ce mot –, c'était le dégoût de moi tout entier, de la tête aux pieds ; et que si quelqu'un devait se poser des questions, c'était moi, et personne d'autre. J'ai appris, dans la même tirade délirante, que j'étais éjaculateur précoce, elle a ajouté « pré-éjaculateur précoce », et elle s'est levée pour débarrasser la table. J'ai failli pleurer. Mais je me suis ressaisi immédiatement et j'ai réagi aussi sec en lui rétorquant que si j'avais souffert d'un tel problème – j'ai ajouté « malheureusement ce n'est pas le cas » –, j'aurais béni le ciel, car c'eût été le meilleur moyen d'abréger au plus vite cette corvée que représentaient pour moi nos pitoyables ébats – j'ai dit « pitoyables ébats » – dont elle glaçait tout espoir d'extase. Elle a failli pleurer. Elle a sans doute pleuré, mais je n'en suis pas absolument sûr, elle a disparu dans notre chambre pour ne pas m'en offrir la certitude, ni le plaisir.

Il s'est passé une heure, au moins, avant que nous nous recroisions, par hasard, dans le couloir. Nous nous sommes bousculés, elle m'a fixé droit dans les yeux, et là, alors que je m'apprêtais à une seconde salve de sa part, contre toute attente, elle m'a dit qu'elle ne pensait pas ce qu'elle avait dit. J'ai été un peu décontenancé, d'abord, puis je lui ai dit que moi non plus je ne pensais pas ce que j'avais dit. Elle m'a demandé pardon. Moi aussi. Nous nous sommes embrassés.

Je lui ai fait remarquer qu'il était déjà tard et que si nous voulions aller voir l'éclipse, il était temps de choisir un petit endroit romantique. L'idée du Pont-Neuf, que je reproposais, lui fit faire une moue blasée.

Elle préférait évidemment les Tuileries. « Tous les cons vont se mettre sur le Pont-Neuf », m'a-t-elle dit. Je lui ai demandé de m'expliquer ce qui lui permettait d'affirmer que tous les cons seraient sur le Pont-Neuf, ce à quoi, évidemment, elle n'a pas su répondre. Il me semblait, à moi, qu'ils allaient justement se précipiter aux Tuileries. Et là, j'ai senti que tout pouvait basculer à nouveau et qu'il fallait que je sois plus intelligent qu'elle. « Comme tu voudras mon amour, lui ai-je dit, c'est très bien les Tuileries. » J'avais bien réagi, mais un peu tard. Elle a conclu : « Je crois bien qu'il va y avoir des tas de cons partout. J'ai plus vraiment envie d'y aller. Tu n'as qu'à y aller, toi, si tu veux. »

Je n'ai rien répondu. Je me suis senti profondément las. Je lui ai tourné le dos, j'ai allumé la télé, et je me suis vautré dans le canapé. L'émission sur l'éclipse avait déjà commencé.

Il valait mieux, je pense, il valait mieux rester ici. De toute façon, nous n'aurions pas encore été au bout de nos peines. Nous nous serions habillés, elle aurait mis sa miniminijupe, je lui aurais dit qu'elle faisait vulgaire, elle m'aurait dit : « Vas-y tout seul. » Je l'aurais suppliée, et nous nous serions réconciliés. Dans la rue, en y allant, j'aurais cherché les yeux d'une jolie passante, Sabine aurait changé de trottoir, je l'aurais rejointe, je lui aurais demandé pardon, elle m'aurait pardonné, nous aurions parlé de l'éclipse, elle m'aurait affirmé que la Lune est un vieux Soleil desséché, je me serais foutu d'elle, elle m'en aurait voulu de la ridiculiser, je lui aurais fait une bise, puis elle se serait rendu compte qu'elle avait oublié nos lunettes de protection, je lui aurais dit que j'aurais dû m'en occuper moi-même, elle m'aurait dit que je ne m'occupais jamais de rien. Et quoi faire sans lunettes ? Alors nous serions rentrés. Et nous aurions regardé l'éclipse à la télé. Alors pourquoi tous ces détours pour en arriver au même point ? J'étais déjà devant la télé.

J'ai tout vu de bien plus près, avec tous les commentaires. Sabine n'a même pas regardé, elle. Elle lisait dans la chambre. Je lui ai reproché de ne s'intéresser à rien. Elle m'a reproché d'avoir toujours quelque chose à dire.

Comme nous étions épuisés, nous avons dormi le reste de l'après-midi. Elle s'est réveillée d'une humeur massacrante, elle a préparé le dîner, nous avons dîné.

J'ai passé mon peignoir, vers vingt et une heures. Quand je suis sorti de la salle de bains, elle riait très fort. Il y avait un film drôle à la télé. J'aime bien l'entendre rire. Au bout d'un moment, je lui ai quand même dit de se calmer parce que les voisins allaient se demander si elle n'avait pas un grain à rire comme ça. Je lui ai fait remarquer que ce n'était quand même pas excessivement drôle. Et comme je n'y comprenais rien à cause de ses rires de hyène, j'ai monté le son. Elle m'a arraché la télécommande des mains pour le baisser. Fin de la journée.

Lorsque nous sommes allés nous coucher, j'étais assez heureux que la journée s'achève. Et avec elle s'achevaient aussi les effets désastreux de l'éclipse sur le caractère de Sabine. L'influence lunaire sur les humains et particulièrement sur les femmes avait dû être à son comble aujourd'hui ; renforcée, démultipliée de manière extraordinaire par la présence du Soleil, parfaitement aligné avec la Terre et son satellite. Tout s'éclairait, finalement, si l'on prenait la peine de s'intéresser au phénomène. Tout s'excusait. Comment douter encore du fait que nous subissions l'influence des astres ? La Lune qui blanchit le linge, qui arrache les enfants aux ventres de leurs mères, qui déplace des océans et les remet en place, les déplace, les remet en place, jour après jour, et pour une éternité encore. Comment penser une seconde qu'elle n'ait aucune emprise sur nous ? Qu'elle ne nous mène pas par le bout du nez ? Nous devrions nous estimer heureux qu'elle ne nous fasse pas dresser les cheveux sur la tête, qu'elle ne nous arrache pas les yeux des orbites, qu'elle ne nous allonge pas la bite. C'est un vrai miracle. Comment n'avais-je pas pensé à tout ça ? Tout irait mieux demain, lorsque les astres s'en iraient chacun de leur côté.

— Bonne nuit, mon amour, lui ai-je murmuré.

Elle dormait déjà.

Le lendemain, au réveil, je lui ai fait remarquer que je lui avais dit : « Bonne nuit, mon amour », hier soir, et qu'elle ne m'avait pas répondu.

12 h 25 mn 27 s...

Il est menteur, ce gosse, c'est pas possible comme il est menteur. Les médecins, ils m'ont dit : « C'est pas qu'il est menteur, c'est plus compliqué », et ils m'ont expliqué un tas de trucs pour noyer le poisson. Mais moi je dis, faut pas chercher midi à quatorze heures, il est menteur.

C'est pas qu'il inventerait des choses incroyables toute la journée, des histoires à dormir debout, c'est pas ça, et heureusement, parce que moi, j'ai pas la patience de Geppetto. C'est pas ça, non, parce qu'il parle pas, presque pas. Mais à chaque fois qu'il parle, c'est toujours pour dire la même chose, la même connerie : « Papa ! Un acrenciel !... un acrenciel !... » C'est simple, il voit des arcs-en-ciel partout. À chaque fois qu'il regarde en l'air, c'est la même rengaine. Au début, je me laissais avoir, je levais les yeux, je cherchais comme un con. Ça me faisait même rire, parfois. Il avait l'air de trouver ça drôle de me faire regarder en l'air, comme ça, pour rien. Je jouais le jeu. Et puis j'ai commencé à me poser des questions, je trouvais ça pénible à la longue. D'abord, j'ai pas sévi, j'ai voulu savoir. J'ai téléphoné à sa mère – on est divorcés – pour lui demander si ça lui était déjà arrivé au gamin de dire qu'il voit des arcs-en-ciel, comme ça, tout le temps. Elle m'a dit : « Quoi ?... Qui ?... » J'ai dit : « Laisse tomber », et j'ai raccroché. On comprend pourquoi j'ai eu la garde.

Je le mets plus à l'école, parce que ça sert à rien, il comprend rien. Les autres se foutent de lui, et les parents des autres se foutent de moi quand je vais le chercher. Alors y reste ici, maintenant. Y s'occupe. Ça l'occupe.

Quand il reste dedans, ça va, je peux pas dire, il me soûle pas, je l'entends pas. Mais dès qu'on met un pied dehors, n'importe où, dès qu'y voit un coin de ciel, par tous les temps, y m'invente un « acrenciel ». Dans la rue, partout, dès qu'on croise quelqu'un, il pointe son doigt vers les nuages : « Un acrenciel !... » Et on pourrait nous suivre à la trace, parce qu'on laisse des tas de gens derrière nous, le nez en l'air. Du coup, je sors plus avec lui, tellement ça m'énerve. Je le laisse à la maison.

Du matin au soir devant la télé, il bouge pas, il regarde, mais il regarde même pas. Mais l'autre jour, j'en avais marre, alors je l'ai sorti un peu pour qu'il s'aère. Il faisait bon. Je l'avais mis sur la balançoire pendant que je lavais la voiture. Et là, d'un coup, il s'est mis à crier : « Papa !... une éclixe !... une éclixe !... » Je l'ai jamais fait, mais là, je dois dire, ça m'a démangé de le cogner. Je l'ai rentré illico à la maison et j'ai téléphoné à sa mère pour lui dire que j'en avais marre, et lui demander si elle avait pas une idée. Elle m'a dit : « Quoi ?... Qui ?... », et j'ai dit : « Laisse tomber. »

12 h 25 mn 46 s...

Cela faisait plus d'une demi-heure qu'il l'attendait sur la place, assis au bord de la fontaine. Ce n'était pas dans ses habitudes d'être en retard, et il commençait un peu à s'inquiéter. Lorsqu'ils s'étaient quittés ce matin, il lui avait pourtant rappelé l'heure et le lieu de leur rendez-vous. Un oubli de sa part lui paraissait peu probable.

Depuis qu'il était arrivé, près de lui, plusieurs personnes s'étaient déjà retrouvées. Un Japonais avait rejoint sa Japonaise, une grosse femme avait retrouvé son petit maigrichon, une blonde s'était jetée dans les bras d'un grand chauve, et d'autres encore auxquels il n'avait pas prêté attention s'étaient rejoints ici. Autour de lui, tout rentrait dans l'ordre. Les choses suivaient le cours normal des choses. Les couples se reconstituaient, les amis se retrouvaient, les groupes se regroupaient, les chiens retrouvaient leurs maîtresses, les maîtres, leurs chiennes, les chaussures, leurs pieds, le yin s'accordait au yang. Et lui, restait là, à attendre, rafraîchi par les brumes des jets d'eau à chaque fois que le vent tournait. La Lune n'avait pas encore mordu le Soleil, et certains, déjà, commençaient à essayer leurs lunettes.

La première demi-heure, il l'avait passée à pester intérieurement et s'était préparé à l'accueillir froidement avec toute la mauvaise foi nécessaire pour lui reprocher ses retards systématiques tout en sachant très bien que c'était tout le contraire, qu'elle était habituellement assez ponctuelle. Mais rapidement, son naturel anxieux avait pris le dessus et il s'était mis à penser que si elle était en retard, ce devait être pour une bonne raison, une raison sérieuse, même. Elle s'était peut-être tordu la cheville ? Elle s'était peut-être sentie mal ? Qui sait ? Il se rassura en imaginant qu'il était plus probable qu'elle se fût cassé un ongle ou qu'elle ait eu de graves problèmes de brushing. Et sa colère occulta à nouveau son inquiétude. Juste à côté de lui, deux adolescents s'embrassaient à pleins poumons. Excédé d'être mêlé d'aussi près à leurs ébats, il voulut leur jeter un regard incendiaire, mais leurs yeux étaient clos et ils l'ignorèrent. Il se leva et prit ses distances.

Il n'avait pas trouvé d'endroit plus romantique, ni de moment plus fort et plus magistralement symbolique pour lui faire sa demande en mariage. Si elle n'arrivait pas, ce n'était pas qu'un rendez-vous manqué, c'était bien plus grave, c'était un drame. Depuis six mois, il attendait cet instant, patiemment, depuis le jour où il avait entendu parler de cette éclipse. Tout se passerait comme prévu du côté des astres, comme toujours, et tout allait de travers sur Terre. Plus rien n'aurait de sens, si elle arrivait après, lorsque le Soleil et la Lune se sépareraient, lorsque sous la lumière de tous les jours la foule se disperserait, éblouie. Tout serait infiniment triste alors, raté, on ne peut plus raté. Sa demande en mariage aurait des allures de soufflé qui s'affaisse, et ce serait un bien mauvais présage si elle manquait la rencontre et qu'elle n'arrivait que pour la séparation. Ce serait un bien mauvais présage.

Il eut soudain des sueurs froides. Et son esprit fut comme un cheval qui s'emballe. Un feu d'artifice d'idées morbides éclata dans sa tête, et il ne put qu'y assister impuissant et terrifié. Il imagina qu'elle avait pu traverser la rue, distraite, et passer sous les roues d'un camion. Il pensa à un accident cardiaque. Elle était jeune et en grande forme, mais il en avait déjà entendu, pourtant, des histoires de personnes subitement lâchées par leur cœur dans la fleur de l'âge. Il se souvint, en y réfléchissant, qu'elle avait eu mal dans le bras, il y a quelque temps. Était-ce le gauche ? Impossible de s'en rappeler. Il pensa qu'elle lui avait caché un mal mystérieux dont elle se savait atteinte, il pensa à toutes sortes de maladies subites et fulgurantes, il pensa que tout était possible, imaginable, envisageable dans le domaine des horreurs, des douleurs. Il envisagea la méningite foudroyante, ce qui coïncidait en plus avec ce mal de tête dont elle s'était plainte la veille au soir. Il pensa à une attaque cérébrale, pourquoi pas ? Et en même temps, il se souvint de ce type bizarre qu'il avait croisé dans l'escalier, à plusieurs reprises. Un sale type avec une sale tête, une sale tête de violeur ou d'assassin. Ou les deux. Deux touristes le ramenèrent sur Terre en lui demandant s'il voulait bien les prendre en photo. Il saisit l'appareil que l'homme lui tendait, mit à peine l'œil dans le viseur et pressa sur le déclencheur en leur coupant la tête à tous les deux. « Thank you. » « De rien. »

Il ne se rassit pas. Elle avait plus d'une heure de retard, maintenant. Il fallait faire quelque chose, il fallait agir. Il se mit à marcher autour de la fontaine. Quelques tours dans un sens, quelques tours dans l'autre. Et il se remémora qu'à certains moments, ces derniers jours, il l'avait trouvée bizarre. Elle était différente, plus distante, plus sombre, ce qui avait sans doute un lien avec son retard. Peut-être avait-elle de gros problèmes d'argent ? D'énormes dettes de jeu qu'on lui réclamait maintenant sous la menace, en ce moment même, une lame sous la gorge ? Elle n'avait pas eu le courage de lui en parler, elle avait tu son vice, et maintenant, elle allait payer de sa vie, de son corps d'abord, sans doute, pendant que lui tournait en rond à l'attendre, impuissant. Il fallait agir. Il regarda sa montre et prit la décision d'attendre encore cinq minutes, pas une de plus, avant d'aller au commissariat. Des sirènes se mirent à hurler, et un cortège de véhicules de pompiers descendit la rue en trombe, devant lui. Un attentat. Il y avait eu un attentat. Cette certitude lui sauta à la gorge. Quand on aime quelqu'un, on perçoit ces choses et on peut sentir l'autre en difficulté ou en souffrance. Elle avait été victime d'un attentat. Il se précipita sur cet homme plongé dans son journal, et lui demanda abruptement s'il avait lu quelque chose à propos de menaces d'attentat. L'homme le dévisagea sans comprendre.

— Pardon ?

— Des menaces d'attentat... je vous demande s'il est question de menaces d'attentat dans votre journal.

L'homme se leva sans lui répondre, l'air méfiant, et s'éloigna. Il perdit définitivement patience et se dirigea tout droit vers les cabines téléphoniques de l'autre côté de la place autour desquelles plusieurs personnes agglutinées attendaient leur tour. Il n'avait jamais voulu de téléphone portable, simplement pour ne pas faire comme tout le monde, pour dire : « Moi, je n'en ai pas. » Pour la première fois, il le regretta amèrement en pensant que tout ça ne serait jamais arrivé avec ces appareils magiques qui soudent les couples, les enchaînent, et leur évitent de se perdre, comme si une longue laisse les reliait l'un à l'autre. « Chéri, je vais être en retard... Je pars, mon amour... Je suis sur le chemin, Minou... Je suis dans le bus, bébé, j'arrive... Je suis dans la voiture... Je suis aux courses, tu veux quoi comme bonbons ?... Ça bouchonne... Je suis tout près, Doudou... Je t'entends pas... Tu veux de l'andouillette ?... Je me gare... Amour, je suis en bas... Je suis là... Je te vois... Je te laisse... »

Il tambourina à la porte de la cabine pour que la jeune fille qui s'esclaffait bêtement depuis dix minutes raccroche enfin. Il tambourina encore : « C'est une question de vie ou de mort ! » Et elle finit par lui céder sa place en râlant. Il téléphona chez eux, à tout hasard, sans succès, puis à leurs amis... Personne... Il appela tous les hôpitaux de la ville, en vain, heureusement, ou malheureusement, il ne savait plus ; puis il téléphona à la police où on lui répondit qu'il était bien trop tôt pour entreprendre des recherches. Il raccrocha et sortit de la cabine, désemparé, lorsqu'il la vit au loin se diriger vers la fontaine. Il en eut le souffle coupé. Il affûta son regard de myope, se concentra sur la silhouette qui s'approchait, et son visage crispé se décomposa lorsqu'il se rendit compte que ce n'était pas elle. Qu'il puisse ou non lui faire sa demande en mariage sous l'éclipse n'avait plus aucune importance, maintenant ; ce qu'il voulait par-dessus tout, c'était la retrouver saine et sauve. Tout le reste lui parut dérisoire. Comment avait-il pu penser une seule seconde qu'elle l'avait oublié, simplement ? ou qu'elle était en retard pour un motif ordinaire ? Elle allait mal. Il le pressentait. Il le ressentait de plus en plus fort. Cela faisait une heure et demie qu'il l'attendait. Il décida que cela ne servait plus à rien de rester ici. Si elle était encore en mesure de le faire, elle rentrerait sans doute directement à la maison. Il l'attendrait là-bas, d'où il pourrait organiser les recherches. Autour de lui, tout le monde levait les yeux au ciel. Alors qu'une lumière sélène tombait sur la ville, il s'engouffra dans le métro désert, en priant pour qu'elle n'ait pas glissé sur le savon en sortant de la douche. Durant le trajet, il repensa à son attitude de ces derniers jours, et il ne put s'empêcher de reconnaître qu'elle avait l'air ailleurs, cela l'avait frappé. Il l'avait même trouvée un peu déprimée. Pourquoi ne s'en était-il pas préoccupé ? Il chassa l'idée insoutenable qu'elle avait pu tenter de mettre fin à ses jours. Elle, si gaie... c'était impossible. Il descendit une station plus tôt pour passer chez Martial, son meilleur ami, alité, qui n'avait pas pu sortir. Il pourrait peut-être l'aider, lui, il avait peut-être une idée. Il avait toujours de bonnes idées.

Lorsqu'il sortit de sous terre, il vit que tout était fini. La lumière avait repris ses droits. Il avait tout manqué, mais c'était le dernier de ses soucis. Il ne pensait qu'à elle. Elle allait mal. Il en avait la certitude. Toujours ce sixième sens... Il lui sembla même entendre ses cris. Lui qui n'était pas crédule, pourtant, il se surprit à penser qu'elle avait pu être enlevée par des extraterrestres qui la disséquaient, maintenant, en s'étonnant de tout ce qu'il pouvait y avoir dans un humain ; et l'un d'entre eux, plus vicieux que les autres, le plus humain des extraterrestres, en profitait pour la tripoter un peu partout. Tout était possible. Et il n'y avait pas de meilleur moment, de jour plus approprié pour un débarquement extra-terrestre.

Il pénétra dans l'immeuble de son ami, et sans attendre l'ascenseur, il grimpa les cinq étages. Il dut sonner plusieurs fois avant qu'il n'entende du bruit derrière la porte et qu'enfin, elle s'ouvre. Martial parut très surpris en le voyant.

— Ah... c'est toi, Paul...

— Oui, excuse-moi, je sais que tu es malade, mais c'est grave...

— Entre...

Ils restèrent debout au milieu du salon, et Paul lui raconta ce qui lui arrivait sans lui épargner aucun détail. L'autre acquiesçait sans pouvoir l'interrompre. Puis Paul se laissa choir dans le fauteuil derrière lui. Martial semblait profondément troublé. Il se racla la gorge.

— Ça... ça tombe bien que tu sois passé, je voulais te parler...

Paul blêmit en comprenant qu'il savait quelque chose. Martial se mit à chercher ses mots, longuement. Il recommença trois fois sa phrase. Il se mélangeait encore les pinceaux, lorsqu'en face de lui, comme une apparition, Paul vit Estelle au fond du couloir, dans l'encadrement de la porte. Elle portait une chemise d'homme qu'elle avait boutonnée à la hâte. Elle hésita d'abord avant de s'approcher, puis fit un pas vers eux. Il se leva brusquement, des larmes plein les yeux, et courut se jeter dans ses bras. « Estelle !... Tu vas bien ?... Ça va ?... Tu es sûre ?... J'ai eu si peur... Tu ne peux pas savoir ce que je me suis imaginé... Mon Dieu... Comme je suis heureux que tu sois vivante. Tu es sûre que tu n'as pas de fièvre ?... Tu es brûlante... » Il l'embrassa encore, puis il revint vers Martial et lui donna une grande tape sur l'épaule. Il lui serra la main en répétant : « Je suis tellement content... » Et il se dirigea vers la porte, un sourire béat aux lèvres, et comme des spirales dans les yeux. « Moi qui pensais à une méningite foudroyante... » Martial le suivit, plein d'inquiétude, et le raccompagna jusque sur le palier, sans savoir quoi lui dire, ni quoi penser.

En descendant l'escalier, il ne put s'empêcher de rire, cette fois, en repensant à ces histoires de personnes brusquement lâchées par leur cœur dans la fleur de l'âge. Et il songea : « Comme ceux qui s'aiment sont fragiles de toutes leurs craintes... »

12 h 26 mn 06 s...

Après avoir survolé la foule, plusieurs fois, de long en large, pour choisir un point de vue idéal, un insecte sans nom, même pas répertorié, s'était dit, bêtement, qu'il serait bien sur l'épaule ensoleillée de cette jolie brune sucrée. Derrière ses yeux à facettes, en attendant la Lune, comme tout le monde, il fit quelques pas sur la bretelle de dentelle qui parcourait la peau ambrée. Il s'approcha d'un grain de beauté, pour y goûter. Il y eut un grand courant d'air, un claquement, qu'il perçut tout en ne le percevant plus.

12 h 26 mn 47 s...

La précédente tentative, le 27 juillet 1999, avait échoué à cause d'une petite vanne ridicule qui avait refusé de s'ouvrir ou de se fermer, au moment crucial. Pas grand-chose, *a priori*, mais en considérant l'incident de plus près, en analysant le problème sous toutes les coutures, toutes les soudures, il avait réalisé avec effroi qu'ils étaient passés tout près de la catastrophe. S'il n'avait pas réagi immédiatement, s'il n'avait pas eu la présence d'esprit de couper tous les moteurs à la seconde où le témoin de surchauffe s'était allumé, ils auraient sans doute péri dans une explosion phénoménale. Mais le ciel avait veillé sur eux, et n'avait pas permis que tout finisse ainsi.

Il avait préféré étouffer l'incident, et lorsqu'on lui avait posé quelques questions inquiètes, il avait évoqué un problème mineur relevant des instruments de navigation, pour ne pas que le doute s'installe, que la peur s'immisce dans les esprits. Il avait besoin de leur confiance, jusqu'au bout, pour aborder la seconde tentative avec toute la sérénité nécessaire.

La plus grande difficulté avait été pour lui de concevoir un système de propulsion complètement innovateur qui lui permettrait à la fois de bénéficier d'une impulsion spécifique élevée, de disposer d'une certaine souplesse d'utilisation, et qui aurait aussi, et c'était primordial, une aptitude à un fonctionnement prolongé. Il y était arrivé après plusieurs années de recherches et d'expérimentations intensives, en mettant au point un moteur à éthanol (C_2H_5OH) relativement performant. Par la distillation de betteraves – il en possédait des hectares et des hectares –, il avait produit un carburant tout à fait efficace, certes un peu moins « pêchu » que les propergols solides ou liquides utilisés de nos jours dans l'astronautique, mais beaucoup moins cher, et qui plus est, consommable, ce qui ne gâchait rien. Au cours du long voyage qui les attendait, ils auraient sans doute besoin, à un moment ou à un autre, d'un petit remontant.

L'échec du premier lancement en avait fait sourire plus d'un, ceux qui souriaient depuis le début. Ils avaient été assez nombreux à se rassembler derrière les clôtures, le jour J, autour de l'aire de lancement ; certains, même, quelques heures avant le décollage pour assister à l'embarquement. D'autres, pour diverses raisons, avaient préféré garder leurs distances, et munis de jumelles, ils s'étaient installés sur les collines avoisinantes. Mais tous avaient bien ri, en tout cas, lorsque le compte à rebours achevé, l'engin était resté on ne peut plus immobile au milieu des fumerolles blanches qui s'élevaient droit dans le ciel, avec tant de naturel, de facilité, qu'elles semblaient insister lourdement sur l'inertie de l'astronef. L'équipage avait débarqué, aussitôt après, sous les applaudissements d'une assemblée hilare, et avait regagné la ferme, la mine défaite, non pas à cause des rires, dont ils se fichaient, mais en raison de leur crainte profonde, de la peur qu'ils avaient au ventre de ne pas réussir à quitter la Terre avant l'éclipse, la dernière du millénaire, celle qui marquerait d'un immense point noir dans le ciel la fin de la planète. Point final.

La preuve que les sarcasmes des gens n'atteignaient pas Victor, qu'il ne les percevait même pas, et qu'il n'entendait, lui, que des encouragements, des clameurs admiratives, c'est qu'avant de passer à travers les rubans de plastique multicolores qui leur servaient de porte anti-mouches, l'été, il s'était retourné, son casque sous le bras, et leur avait fait un petit signe de la main avant de disparaître dans la cuisine, un peu comme l'avaient fait Gagarine, Glenn, Terechkova, Leonov, et tous les autres, les nombreux autres. Un peu comme eux, avec la seule différence – elle était de taille – que lui et son équipage, composé de sa vieille mère et de son vieux père, ne reviendraient pas, contrairement à tous ses prédécesseurs qui n'avaient fait, en quelque sorte, que du tourisme, malgré tout le respect qu'il leur devait. Eux partaient pour toujours, pour ne plus revenir, parce qu'après l'éclipse, il n'y aurait plus d'endroit où revenir. Ils abandonnaient tout pour se jeter à la face de Dieu, dans l'immensité cosmique. Les Mangin – qui l'eût cru – seraient les derniers témoins du genre humain.

Les deux articles parus dans le bulletin communal depuis le début de l'aventure – intitulés : « Victor Mangin, agriculteur et astronaute amateur » et tout récemment : « Les Mangin nous quittent » avec une photo de la famille devant le vaisseau – résumaient très bien toute cette histoire, mais avec une pointe d'ironie un peu déplaisante qu'ils n'avaient heureusement pas ressentie. La municipalité leur avait assuré le soutien de toute la commune dans leur courageuse et ambitieuse entreprise. Le curé leur avait garanti que Dieu serait avec eux. Ils n'avaient pas vraiment compris, alors, pourquoi le maire avait refusé, pour d'obscures raisons, de venir inaugurer le vaisseau. Ils n'avaient pas saisi, non plus, pourquoi le prêtre n'était pas venu le bénir.

Tout n'avait pas toujours été facile. Lorsque Victor Mangin avait abandonné les céréales à quarante-sept ans pour se consacrer à plein temps à son programme spatial, il s'était heurté à l'incompréhension absolue de son père qui avait trimé toute sa vie pour développer l'exploitation. Le vieil homme n'avait plus d'autre activité à la ferme que de nourrir la volaille, mais il avait encore son mot à dire, et ses résistances avaient été vives. Pendant plusieurs années, il avait profondément souffert, en parcourant leurs propriétés, de découvrir, à l'approche des moissons, leurs blés qui lui arrivaient en dessous du genou, rouges, inondés de coquelicots, leurs parcelles d'orge qui semblaient avoir la pelade, leur maïs aux épis à peine plus gros que des haricots, et le colza miniature, dont il espérait chaque jour un peu de jaune. Et partout, des betteraves. Des betteraves arrogantes, envahissantes, énormes, débordantes de santé. Elles avançaient, et les céréales battaient en retraite, concédaient de plus en plus de terrain. Partout où son fils avait pu planter des betteraves, il l'avait fait. Tout le reste partait à vau-l'eau. Dans le hangar, il avait entièrement désossé la moissonneuse pour récupérer des pièces dont il avait l'usage. Et dans l'étable, les bœufs mangeaient quand Victor avait le temps ; mais Victor n'avait jamais le temps. Leur plus beau taureau, une bête de concours d'une tonne et demie, prenait des allures de vache maigre. Mais le seul taureau dont il se préoccupait encore était celui de la constellation du même nom, dont Aldébaran, à 68 années-lumière de la Terre, une géante rouge clair de magnitude 0,86, formait l'œil. Aldébaran, l'une des étoiles les plus lumineuses de nos cieux, qui brillait comme 125 soleils, et que Victor avait souvent contemplée de longues heures, certaines nuits, jusqu'à en avoir le teint hâlé. Aldébaran, à 646 000 milliards de kilomètres de l'étable. Combien de vies, de milliers de vies, de dizaines de milliers de vies lui faudrait-il pour atteindre l'étoile, ou en ressentir seulement la chaleur ? Aldébaran ne serait pas sur leur route, et ne serait probablement jamais sur la route de personne.

Les cochons se bouffaient le groin, les lapins se grignotaient les uns les autres. Il n'y avait que la volaille qui ne se portait pas trop mal. De retour de ses promenades désespérantes, lorsque le père s'asseyait, désespéré, à la table du dîner, qu'il demandait à son épouse où était son fils, et qu'elle lui répondait : « Il travaille sur les propulseurs auxiliaires », alors, souvent, il explosait en postillonnant dans la soupe.

Des soupes de plus en plus claires, des repas de plus en plus maigres, mais des betteraves, toujours des betteraves, à volonté. Et du digestif (C_2H_5OH), jusqu'à plus soif. Mais plus rien à digérer. Et l'alambic, qui fumait jour et nuit.

Victor sur le propulseur, Victor sous les tuyères, Victor dans la turbine, Victor était partout ; sauf là où il devait être, et son père se rongeait les sangs et nourrissait la volaille.

Avec les années, le père avait changé, peu à peu, sans avoir vraiment changé. Disons qu'il s'était éteint. Plus rien n'avait d'importance pour lui. Son esprit s'était embrumé, et ses vieilles guiboles s'étaient mises à fléchir sous le poids des années jusqu'à l'asseoir dans un fauteuil roulant. Il se laissait emmener là où on voulait l'emmener, et en dehors des jours de caprice, où il s'opposait à tout, systématiquement, en général il faisait gentiment ce qu'on lui demandait. Plus il perdait la tête, plus il semblait comprendre son fils.

La mère tenait bon. Malgré les quelques réticences dont elle avait fait preuve, au début, lorsqu'il leur avait expliqué qu'ils allaient quitter la terre à bord d'un vaisseau spatial de sa construction, elle avait toujours été très intriguée par le projet ; et au fil des années, sa méfiance s'était mue en admiration béate pour son astronaute. Elle suivait l'évolution de la construction de très près, au jour le jour, et s'y intéressait avec une motivation étonnante. Elle s'était mise à y croire, aussi fort que Victor, peut-être plus. L'angoisse de voir approcher le jour de l'éclipse et l'espoir de pouvoir y échapper y étaient sans doute pour quelque chose. Devant l'intérêt grandissant de madame Mangin pour le très spécial programme spatial Mangin, et en dépit du fait qu'elle n'y comprenait strictement rien, il avait décidé de l'associer activement à ses travaux en lui confiant certaines tâches subalternes, ce qui lui permettait de se consacrer à l'essentiel.

Un triste jour, le taureau anémique que Victor ne nourrissait que le dimanche fit une chute de tension qui lui fut fatale. Ils n'eurent pas le temps de s'en émouvoir, car leur temps était compté.

Après l'échec du premier lancement, ses calculs lui avaient donné une prochaine fenêtre de tir envisageable le 10 août, à 15 h 37 heure locale. La veille de l'éclipse. Pas avant. Ce serait leur seconde et dernière chance.

Durant la semaine qui précéda ce jour, Victor consacra tout son temps à régler d'infimes détails techniques, à s'occuper de réglages ultra-minutieux, à faire et à refaire des calculs de trajectoires à n'en plus finir, et à vérifier ce qu'il avait déjà vérifié cent fois. L'incident qui avait retardé leur départ l'avait fait douter de tout. Des questions qui ne lui étaient jamais venues à l'esprit le harcelaient, maintenant, jour et nuit.

Victor n'avait conçu l'astronef sur aucun modèle existant, ce qui était tout à son honneur, mais ce qui lui avait aussi considérablement compliqué la tâche. Il avait tout de même pioché quelques bonnes idées par-ci, par-là, et avait construit un engin hybride qui tenait à la fois de la classique fusée à étages, de la navette spatiale, de la soucoupe volante, et de la pagode chinoise. Avant tout, il avait tenu à faire simple, et robuste. Rien de superflu. Rien de capricieux. Peu d'électronique, très peu d'informatique. Il s'était appliqué à réduire les coûts, sans pour autant faire d'économies de bouts de chandelle qui auraient été préjudiciables à la fiabilité du vaisseau et à leur sécurité.

La veille du départ, Victor ne fit rien. Rien du tout. Tout était prêt, et il voulut profiter de cette dernière journée sur Terre. Il descendit au village boire une dernière bière, et il fit une longue promenade tout l'après-midi. Il se coucha tôt. Et en se couchant, il se fit la remarque qu'il avait bien aimé les jours et les nuits sur Terre. Cette alternance. L'obscurité qui débuterait demain n'allait-elle pas être trop lassante ?

Il ne dormit pas, cette nuit-là, assailli par des cohortes d'idées floues, de problèmes vagues, d'oublis de toutes sortes qui n'en étaient pas. D'un point de vue technique, tout était prêt, cette fois, tout fonctionnerait, il s'en était persuadé. Mais d'autres soucis emmêlés lui avaient traversé l'esprit. À quoi ressemblerait la mère Mangin, lorsqu'ils dépasseraient la vitesse de 11,2 km/s qui leur permettrait de s'arracher à l'attraction terrestre ? Quelle tête ferait-elle, lorsqu'elle encaisserait plus de 10 g, qu'elle pèserait alors plus de dix fois son poids, ce qui était colossal étant donné son embonpoint ? Comment allait-elle s'en tirer, lorsque le visage grimaçant, déformé, écrasée contre son siège, elle devrait se charger du largage du premier étage, ce qui était l'une des rares missions que Victor lui avait confiées ? Avait-il bien fait ? Quant à son père, il n'osait même pas y penser. Comment réagirait-il, quand sous l'effet de l'accélération phénoménale, le sang déjà rare qui irriguait les méandres de son cerveau serait chassé vers ses membres inférieurs ? Faute de temps, il avait été contraint de faire l'impasse sur la préparation physique, sur les entraînements en centrifugeuse, et il le regrettait maintenant. Tout en ne le regrettant pas. À quoi bon ? Que serait-il advenu de ses parents après quelques tours de centrifugeuse ?

Heureusement, il avait pu, lui, s'entraîner un minimum. Un peu de footing, le dimanche, en allant voir comment poussaient les betteraves.

Au cœur de sa nuit blanche, il pensa alors, un peu tard, qu'il avait mis le doigt sur la seule faille de son ambitieux programme spatial. Il s'imagina aux confins du système solaire entre deux cadavres moisissants qui lui rendraient le voyage insoutenable. Il se demanda s'il n'aurait pas mieux fait de préparer un départ en solitaire. Il songea même qu'il était encore temps de partir sans eux, qu'il n'avait qu'à les enfermer dans leur chambre. Il finit par se gifler d'avoir eu toutes ces mauvaises pensées, et il disparut sous l'édredon.

Dès les premières lueurs de l'aube, il sortit pour juger des conditions météo. Tout s'annonçait bien de ce côté-là. Tout s'annonçait bien.

La matinée fut assez tendue. Tout le monde était un peu nerveux, quoi de plus normal ? Mais Victor fut très présent, et parvint à garder son équipage motivé, malgré l'angoisse grandissant au fur et à mesure que le compte à rebours s'égrenait. Ils déjeunèrent à 12 heures précises. Légèrement. Victor l'avait exigé. Salade de betteraves, œuf dur, pomme. Puis ils montèrent se préparer, doucement, pour l'embarquement qui aurait lieu à 13 heures. Rendez-vous dans la cuisine.

Lorsque Victor fit l'appel, à 13 heures, et qu'il se rendit compte que son père était manquant, il s'empressa d'envoyer sa mère le chercher. Elle revint paniquée en lui expliquant qu'il ne tenait plus à partir. Victor eut un coup au cœur. Ils décalèrent l'embarquement de plus d'une heure, pour parlementer, pour essayer de le convaincre, pour lui faire peur même, en lui décrivant le cataclysme qu'il vivrait demain, s'il restait, lorsque le Soleil s'obscurcirait, et que la Terre connaîtrait ses derniers instants. Ils eurent beau implorer, pleurer, hurler, rien n'y fit. « Je reste ici. » Alors Victor décida d'employer la force. Il empoigna le fauteuil roulant, et en dépit des beuglements du père et de ses tentatives de morsures et de coups, ils se dirigèrent vers la sortie. Dans la cour, avant de tourner au coin du bâtiment, ils se retournèrent une dernière fois pour jeter un long regard sur la porte qu'ils avaient franchie si souvent. « Il faut y aller, maintenant », fit Victor. Et ils s'éloignèrent. Ils firent le tour de la grange, et se retrouvèrent sur l'aire de lancement. Le vaisseau se dressait à une cinquantaine de mètres d'eux, au milieu de l'enclos, fier comme une cathédrale. Au pied de l'engin, un groupe de curieux les attendait déjà.

Malgré le fait que Victor avait tenu à ce que la seconde tentative se fasse dans le plus grand secret, il y avait eu des fuites. Sa mère, lorsqu'on lui avait demandé « Vous partez quand ? », avait répondu avec beaucoup de fierté, et très poliment, en donnant l'heure précise. Ceci expliquait cela. Il y avait encore plus de monde que la première fois. Ceux qui le 27 juillet avaient tenu à garder leurs distances n'avaient rien voulu manquer du spectacle, cette fois. Ils s'étaient approchés au plus près, pour voir nettement les visages déconfits des Mangin lorsqu'ils redescendraient, pour profiter de leurs airs niais. En les voyant arriver, ils applaudirent.

Au pied du vaisseau, Victor caressa la tôle, donna quelques coups du plat de la main sur l'acier, comme on flatte un cheval. Sa gorge se noua. Son père avait capitulé et s'était tu.

Madame Mangin fut la première à embarquer, puis Victor porta son père à l'intérieur, l'installa, et réapparut. Il parcourut le paysage des yeux pour l'impressionner à jamais sur ses prunelles. Il regarda tous ceux qui étaient là, qui avaient tenu à les accompagner, et leur fit un petit signe de la main, comme l'avaient fait Armstrong, Aldrin, Titov, Manarov et tous les autres. Il salua le courage de tous ces gens qui restaient jusqu'au bout, et qui malheureusement ne pouvaient pas être de ce voyage, ni d'aucun autre. Il leur demanda de prendre leurs distances, puis il referma la lourde porte sur eux, et sur ses cinquante-trois ans de vie terrestre.

Victor entama l'ultime *check-list*. Sanglée dans son siège, à sa droite, sa mère égrenait un chapelet en marmonnant une prière pendant que le père posait des regards éberlués sur le foisonnement d'indicateurs, de compteurs, de loupiotes de toutes sortes qui les entouraient. Dehors, les spectateurs qu'ils n'entendaient plus battaient des mains en rythme.

— Qu'est-ce qu'il fait chaud, dis donc, fit la mère. On peut pas ouvrir quelque part ?

Et Victor réalisa ô combien elle était loin de mesurer toute la complexité de la situation. Il lui répondit sèchement :

— Non, on peut pas ! Vraiment pas !

— Pourquoi tu t'énerves ? Je demande, c'est tout.

Il s'excusa.

— Ça va pas partir en couille, au moins, Victor ? lui demanda le père.

— T'inquiète pas, papa. T'inquiète pas...

L'attente fut longue et silencieuse, troublée de temps à autre par des questions angoissées.

— On n'est pas déjà partis, là ? demanda le père.

— Pas encore, répondit Victor, on le sentira.

— Ah bon...

Une minute avant le décollage, Victor les avertit :

— On y est presque, fit-il, les yeux rivés sur les chiffres qui défilaient devant lui.

Il ajusta sa ceinture, se cala dans son siège, et il se signa.

— Victor ? fit sa mère.

Il ne répondit pas.

— Victor ?

— Oui...

— Je dois faire pipi...

10... 9...

Il secoua la tête.

— Il faudra te retenir.

6... 5... 4...

— Combien de temps ?

2... 1...

« Combien de temps ?... » se répéta Victor. Et il pensa qu'elle était un peu comme ces enfants qui demandent « Quand est-ce qu'on arrive ? » avant même d'être partis.

0...

Les moteurs s'ébranlèrent dans un grondement sourd. Et simultanément, les tuyères se mirent à cracher des avalanches de fumée blanche, hautes comme des immeubles, semblables à de gigantesques nuages de lait qui se développèrent à près de cent mètres de l'engin dans un bruit assourdissant. Et avec la fumée, sous la fumée, au cœur de la fumée, partout, d'immenses flammes orange.

Et puis plus rien. Plus personne. Plus d'astronef, plus de spectateurs, plus d'enclos, plus d'herbe, même plus de grange. Beaucoup de cendres.

Si bien qu'on ne sait pas si le lancement fut réussi. On ne sait pas où sont les Mangin, maintenant. Du côté du Taureau, peut-être ; en orbite lunaire, plus modestement ; ou ailleurs, comment savoir ? Aucun des spectateurs amusés qui était là n'a jamais pu témoigner de quoi que ce soit, pas même d'avoir eu chaud au cul.

Ils n'ont pas vu, non plus, le lendemain – ce ne fut pas la fin du monde –, le Soleil se voiler la face. Cette lumière cendrée descendre, puis la pénombre. Et Mercure apparaître à l'ouest, et Vénus à l'est, et Régulus, Bételgeuse, Sirius, s'allumer l'une après l'autre. Et Aldébaran, aussi.

12 h 27 mn 03 s...

Au milieu de tous ces gens qui dévisageaient le Soleil, on était deux têtes en l'air à avoir oublié nos lunettes, et tout était gâché. On regardait nos pieds, on regardait les gens regarder, et la lumière qui changeait le monde. Et puis on est tombés l'un dans les yeux de l'autre, parce qu'on savait pas où regarder. Et là, on a tout vu. L'avenir tout rose, les couchers de soleil de feu, les vécurent heureux et les beaucoup d'enfants.

On a tout fait pour se rapprocher, pour s'accrocher, mais quand tout est redevenu comme avant, quand tout le monde a baissé les yeux, on a fait comme tout le monde ; on a baissé les yeux, nous aussi. Et la foule s'est dispersée, et chacun est rentré chez soi, le regard allumé ; et nous aussi, la mort dans l'âme.

12 h 27 mn 38 s...

Je suis allergique. Et de faible constitution. Quand je dis que je suis allergique, c'est pas pour attirer l'attention sur moi, je m'en passerais volontiers. C'est sérieux. Je ne suis pas de ceux qui éternuent une fois au mois de juin et qui en font tout un foin. Mon allergie au pollen c'est ma récréation, mon petit plaisir, mon divertissement entre mes autres allergies, les sérieuses. D'ailleurs, il n'y a pas que le pollen qui me dérange dans les fleurs ou les arbres. Quand quelque chose m'allergise, selon le même principe que « tout est bon dans le cochon », pour moi, tout est mauvais dans la fleur ou dans l'arbre. Je ne fais pas de détail, malheureusement. Je suis allergique à tout, dans la fleur ou dans l'arbre. À toutes les fleurs, à tous les arbres. Je ne les touche pas, je ne les respire pas, je fais un écart et je passe mon chemin. Sauf en hiver, où il n'y a pas de fleurs, et où les arbres endormis me laissent un peu de répit. Je parle de ces végétaux qui ne provoquent chez moi que des symptômes mineurs dont j'aurais tort de me plaindre. Mais il n'y a pas que ça. S'il n'y avait que ça... La liste est longue et je vous l'épargne. Ou alors rien qu'un petit échantillon pour que vous vous rendiez mieux compte. Par exemple, je suis allergique aux œufs, à tout ce qui contient des œufs, je suis allergique aux plumes, et à tous les volatiles qui en portent et qui pondent des œufs d'ailleurs – tout se recoupe –, je suis allergique à la poussière, et aux acariens qui y grouillent, je suis allergique au parfum, du plus infâme au plus précieux, du déodorant de supermarché à la fragrance rare, je suis allergique aux tissus synthétiques, au papier toilette rose, au savon, aux fraises – comme tout le monde – et à tous les fruits rouges, aux poils de chat, aux crustacés, au lait, à la menthe, à l'encre noire, à la pénicilline, au paracétamol, aux noix, aux noix de cajou, aux noix de pécan ; je suis allergique au polystyrène, au polypropylène, au polyéthylène, au polyester, au latex, aux cacahuètes, aux arbres et aux fleurs – j'en ai déjà parlé –, aux fumées de toutes sortes, aux piqûres de moustique, d'araignée, de taon, d'abeille, de guêpe, de frelon, aux morsures de vipère, de crotale, de cobra, au cacao, à la banane, et au soleil, pour ne citer que mes allergènes les plus embêtants. Je m'arrête là, on ne va pas y passer la nuit. Je suis allergique à la nuit, aussi, d'ailleurs. Je suis allergique à moi, je crois. C'est comme ça depuis tout gosse, et je crois bien que je traînerai ça jusqu'à la fin de mes jours. Certaines de mes allergies disparaissent, je m'en rends compte par hasard, par erreur, et de nouvelles apparaissent. Le terrain reste le même. J'ai ce qu'on appelle un terrain allergique, vous l'aurez compris. Si je vous dis tout ça, ce n'est pas pour entendre : « Oh, le pauvre, ça doit être vraiment pénible... » Je n'ai pas besoin d'être plaint. Je vous dis ça simplement pour que vous preniez, si nos chemins se croisent, quelques précautions en ma compagnie qui pourraient m'éviter l'asphyxie ou d'autres désagréments dermatologiques. Voilà tout. Et si pour une raison ou une autre, je touche du bois pour que ce ne soit pas le cas – quand je dis : « Je touche du bois », je ne touche pas n'importe lequel ; j'ai failli y rester, un jour, en touchant du bois –, si malgré nos précautions, je devais me mettre à éternuer en votre présence, je vous dispense des traditionnels « à vos souhaits ». Vous vous fatigueriez avant moi, et j'en ai tant fait des souhaits, toujours le même – que cessent mes allergies –, que j'en suis las.

Le pire, c'est qu'il y a des gens que ça fait sourire. J'avais un ami que j'ai perdu le jour où il m'a dit d'un air détaché : « C'est dans ta tête, tout ça... » Il faut l'entendre... Il faut me voir avec des plaques écarlates plein le visage et le corps, ou couvert de pustules suintantes. Il faut m'imaginer plein d'eczéma du haut en bas, me gratter jusqu'au sang. Il faut assister, rien qu'une fois, à mes œdèmes de Quincke et me voir éternuer jusqu'à tomber en syncope, et parfois tout ça en même temps. Et cet imbécile qui me dit : « C'est dans ta tête... » Moi qu'on surnomme Atchoum aux urgences de tous les hôpitaux de la ville...

Pour éviter les questions, les moqueries, ou les réflexions stupides, je n'en parle à plus personne de mes problèmes. Je garde tout ça pour moi. Ce qui n'arrange rien. Les gens se font une triste opinion de ma personne. « Il est pas drôle, il mange pas ci, il mange pas ça, il boit pas, il aime pas les chats, il déteste la nature, il éternue tout le temps, il est tout blanc... » Tant pis, c'est le prix à payer. J'ai de moins en moins d'amis, je n'en ai plus. J'ai des collègues de travail. Ils se demandent pourquoi je reste dans mon coin, pourquoi je m'isole, comme ça. Ils se moquent un peu de moi, de temps en temps, mais ils sont gentils. Je crois qu'ils m'aiment bien.

Lorsqu'on s'est mis à parler de l'éclipse, au bureau, une quinzaine de jours avant la date, et que je leur ai dit que je n'irais pas la voir, à cause de mon allergie au soleil – je n'ai parlé que de celle-ci –, ils se sont mis à rire en me disant que ça n'était pas bien grave, et qu'une éclipse totale valait bien que je sois un peu rouge sur le nez. J'ai eu beau leur dire que j'étais vraiment allergique, et qu'il ne fallait pas que je m'expose, ils ont insisté lourdement en me répondant qu'il n'était pas question que je ne vienne pas avec eux voir cette éclipse, qu'ils ne voulaient rien entendre, et que je n'allais pas rester enfermé au bureau pendant que tout le monde profiterait du spectacle.

Cette discussion m'a tracassé, j'ai compris qu'ils ne céderaient pas. J'ai été consulter mon allergologue pour recueillir son avis à ce sujet. Je lui ai demandé s'il pensait que je courais un risque particulier à aller observer l'éclipse. Il a esquissé un petit sourire moqueur, et m'a répondu très posément : « Il n'existe pas à ma connaissance d'allergie aux éclipses... » Il avait l'air content de lui. Il en a profité pour me faire un rappel savant de ce qu'était une éclipse totale de Soleil, à savoir la disparition apparente du Soleil produite par l'interposition de la Lune entre cet astre et notre planète, il m'a parlé du cône d'ombre projeté sur la Terre et d'un tas d'autres choses encore. Il s'éloignait un peu du sujet, mais il prenait un plaisir certain à étaler son savoir. Il est revenu à ma question. « Vous comprenez donc aisément qu'il n'y a aucune raison de vous inquiéter particulièrement et de vous priver de ce spectacle. Vous êtes allergique au soleil, c'est un fait, donc protégez-vous soigneusement, comme d'habitude, ni plus, ni moins. N'oubliez pas de mettre des lunettes de protection et tout ira très bien. Il n'y a, dans l'état actuel de votre pathologie et d'après les éléments de votre dossier, aucune raison, aucune contre-indication pour vous priver de ce spectacle si vous prenez toutes les précautions nécessaires. La dynamique de la guérison passe aussi par le fait de mener la vie la plus normale possible, c'est un facteur important qu'il faut prendre en compte, et... » Je crois qu'il parlait encore quand j'ai quitté son cabinet. En sortant, j'ai pensé : « C'est vite dit, tout ça. » Mais c'est mon médecin, et je lui fais confiance. J'irai.

On est arrivés sur les lieux du rendez-vous. Il nous attendait déjà au milieu de la foule avec des lunettes de soudeur sur le nez et une couche épaisse d'écran total sur le visage et sur les mains. On a un peu ri en le voyant, c'est vrai, mais on était contents qu'il soit venu. Il avait l'air bien, un peu inquiet, peut-être, mais heureux, je crois, d'être là avec nous.

Seulement, à un moment, il s'est mis à nous dire qu'il sentait des picotements sur le visage, et puis des brûlures, un peu partout. On n'y a pas vraiment prêté attention. L'un d'entre nous en a même plaisanté. Mais lui n'a pas ri. Il s'angoissait. Il nous a demandé : « Je ne suis pas un peu rouge, là ? » Mais personne n'a réagi parce que ce croissant de Soleil nous captivait. Il m'a reposé la même question en me tapant sur l'épaule. J'ai soupiré, j'ai retiré mes lunettes et j'ai baissé les yeux sur lui, juste pour le rassurer. Et là, je n'ai pas pu m'empêcher de pousser un cri. Il a dû comprendre dans mon regard et en voyant Jacqueline s'évanouir que quelque chose se passait. Lorsque je l'ai regardé, il était déjà défiguré, méconnaissable. Et en quelques secondes, sa peau, d'un rouge effrayant, est devenue flasque, puis grumeleuse, puis elle a viré au violet, au pourpre, et tout entier il s'est ratatiné en s'affaissant sur le sol, inerte.

Quand je dis ratatiné, je pèse mes mots. Il l'était vraiment. Complètement. Comme un légume qu'on oublie au soleil. C'est une image dont je me souviendrai toute ma vie. Les secours sont arrivés, très rapidement pourtant, mais le médecin qui s'est précipité dans le cercle formé par tous les gens qui assistaient à la scène n'a pu que constater le phénomène, impuissant, en ne trouvant à terre qu'une espèce de figue séchée. Rien d'autre. Rien d'identifiable. Il n'a rien pu tenter pour le sauver. Il était sous le choc, tout comme nous. Il a sorti un mouchoir de sa poche, et l'a recouvert. Puis il s'est retourné vers nous, le regard vide, il a secoué la tête et nous a dit : « Je crois que c'est fini. »

12 h 29 mn 56 s...

Où je serai, moi, le 3 septembre 2081, quand on installera mes enfants, déjà séniles, au soleil ? Quand leurs enfants, dans la force de l'âge, lèveront les yeux au ciel ? Quand leurs petits-enfants attendront, fébriles, sur la jetée ? Quand leurs arrière-petits-enfants se mettront à pleurer quand la Lune grignotera le jour ? Où je serai ? Je me le demande. Ce que je sais, c'est que je n'y serai pas et c'est bien triste. J'aurai pris trop de recul, trop d'altitude, je n'y verrai plus rien de là-haut. Je serai à la mauvaise place, du côté du Soleil, dans le meilleur des cas, et peut-être que je les regarderai tous, regarder vers moi, sans me voir, le nez en l'air et l'air ébahi. Ce rendez-vous qu'on me donne déjà, le 3 septembre 2081, je ne pourrai pas y être avec la meilleure volonté du monde, je ne pourrai pas. À moins qu'on me congèle, et qu'on me décongèle avec précaution, le 3 au matin, voire le 2 au soir pour être sûr – je pèse plus qu'un rosbif –, je n'y serai pas. À moins qu'on me clone, et que mon double, cet enfant de moi tout seul, y aille, lui, je n'y serai pas, moi, il ne faut pas rêver.

À l'idée de cette fête prévue de longue date, à laquelle je ne suis pas invité, je désespère. Mais ils feront ça très bien sans moi. C'est bien ce qui me fait de la peine. Je ne suis indispensable qu'à moi-même. La Terre continuera de tourner, la Lune aussi. Le Soleil n'a qu'à briller et attendre à la même place et tout se passera comme prévu. Sans moi.

Alors, demain, mercredi, faudra pas compter sur moi, non plus. J'irai pas. Je me ferai mon éclipse tout seul, mon obscurité personnelle. Je fermerai mes volets à la face du Soleil qui m'ignore, et qui s'en moque, lui, où je serai en 2081. Et aussi longtemps qu'il me plaira, pendant trois jours, si ça m'amuse, je resterai dans le noir. J'irai pas, c'est pas la peine d'insister, ça me ferait trop mal. Ça me ferait penser au 3 septembre 2081, quand je serai plus là pour l'éclipse. Plus là pour personne.

12 h 30 mn 15 s...

Dans le bus qui m'emmène voir l'éclipse, la vie est dure, les places sont chères, et on n'est pas là pour rigoler. Entassés, compressés, on s'observe du coin de l'œil, on se renifle. On se trouve laids, malodorants, mal fringués, malintentionnés. On voudrait monter, et on voudrait descendre. « La porte ! s'il vous plaît ! » On voudrait arriver. « Avancez, dans le fond ! » On colle, on se colle, on se touche. « Pourriez pas faire attention ? » On se bouscule, on soupire, on geint, on joue des coudes, on se marche sur les pieds. On s'accroche là où on peut, on s'agrippe, on se rattrape. On en profite. « Pardon ! » On n'en peut plus. On se déteste. Station debout pénible. C'est épuisant ces voyages en bus.

Alors quand on peut s'asseoir, il faut faire vite, mais sans en avoir l'air. On respire, on se détend un peu, mais rien n'est gagné. On vous envie, déjà, on vous attend au tournant. Et il faut rester à l'affût, prêt à céder sa place le plus vite possible à chaque fois que c'est nécessaire. Il faut avoir l'œil aiguisé. Savoir distinguer les femmes enceintes des naturellement grosses – une confusion peut être fâcheuse –, savoir juger d'un simple coup d'œil de l'âge et de l'état de santé des vieilles personnes. Laquelle doit être traitée en priorité. Les cheveux gris sont un mauvais indice, certains les ont jeunes, d'autres se font teindre. L'état des jambes, lorsqu'elles sont visibles, est plus fiable. Maigres, noueuses et violacées, elles mentent rarement. À prendre au sérieux. On ne rigole pas non plus avec les mollets rouges et boursouflés, gorgés d'eau comme des pastèques. Il faut connaître l'ordre des choses, avoir le sens des priorités. Il faut savoir, évidemment, et avant toute chose, que les mutilés de guerre passent avant les aveugles civils. Que les aveugles civils, les invalides du travail et les infirmes civils passent avant les femmes enceintes et les personnes accompagnées d'enfants âgés de moins de quatre ans. Que les femmes enceintes et les personnes accompagnées d'enfants âgés de moins de quatre ans passent avant les personnes âgées de 75 ans et plus. Les résistants avant les collabos, les morts avant les vivants. On voit d'ailleurs, parfois, des bus qui paraissent vides, et qui passent sans s'arrêter nulle part. Le chauffeur, lui, quoi qu'il arrive, ne cède jamais sa place.

Il faut prévoir que cet homme-ci va refuser de s'asseoir, par fierté, ou parce qu'il descend à la prochaine, et que cette femme-là va vous reprocher de ne pas l'avoir vue plus tôt, de ne pas avoir senti sa présence et pressenti ses intentions. Il faut savoir bondir avant qu'on vous humilie en vous collant une carte d'invalide sous le nez. Il faut voir les aveugles, et veiller sur les enfants hauts comme trois pommes qui suffoquent contre les fesses de la grosse dame.

Avant, j'étais vigilant, je faisais attention à tout ça, j'avais le sens des priorités. Mais aujourd'hui, je détourne le regard. Le nez collé à la vitre, je fais semblant de rêver.

Et dans mon dos, je sens des regards hostiles ; je sens le souffle court d'une octogénaire enceinte jusqu'au cou de jumeaux mal formés. Je sens déjà son très vieil époux, borgne et boiteux, décoré de toutes les guerres me taper sur l'épaule et me reprocher mon indifférence aux malheurs du monde.

Et j'en ai eu assez. « Arrêt demandé. » J'ai cédé ma place et je suis descendu. Je leur ai dit qu'ils pouvaient se le garder leur Soleil, que j'en voulais pas de mon rayon. Qu'ils pouvaient se le mettre où je pense, que ça leur ferait tout chaud et des guilis guilis ; et que ça leur rendrait peut-être le sourire. Et je suis rentré chez moi. À pied.

12 h 30 mn 31 s...

Au fond de mon trou, je fais la guerre. Je ne sais même plus laquelle. C'est cet obus qui est tombé tout près qui m'a un peu secoué. J'essaie de m'en souvenir, mais ça m'échappe. Ça va me revenir. J'appuie sur la détente et j'arrose ceux d'en face. Ceux contre qui on se bat. Je vais retrouver pourquoi.

On était quatre, avant l'explosion, dans ce trou. On est toujours quatre, mais je suis tout seul. J'ai les oreilles qui sifflent. Il y en a un, là-bas, qui essaie de me contourner. Je le vois courir d'une maison à l'autre. Il court vite, il est jeune. Je le mets en joue. Il courait vite, il était jeune. C'est la guerre. C'est de leur faute. Je commence à m'en souvenir, vaguement, pourquoi je tire sur ces fumiers, et pourquoi eux tirent sur moi. Sous mon casque, ça se précise dans ma tête. Je crois que c'est parce qu'on était tranquillement chez nous, quand eux, ils sont arrivés, et ils ont fait comme chez eux, alors qu'ils n'avaient rien à faire ici. C'est une histoire comme ça. Non... c'est pas ça... voilà... je sais pourquoi : c'est parce que eux, ces salauds, ils étaient tranquillement chez eux à croire qu'ils étaient chez eux alors qu'ils étaient chez nous depuis tout le temps. C'est à peu près ça, je crois. Ça y ressemble, en tout cas. Ça ne change rien de toute façon, mais ça me tracasse.

Ce qu'il faut, c'est que je sorte d'ici. Il faut que je rejoigne les miens, là-bas, de l'autre côté de la rue. Et je leur demanderai pourquoi on est là, et pourquoi ceux d'en face sont des salauds, et pourquoi nous non. Une rafale claque et redonne un peu de vie au cadavre qui tressaute à côté de moi. Plus rien ne l'atteint, le veinard. J'ai repéré le tireur à une fenêtre. Si je sors de mon trou, il m'y enterre. Il est loin. Ma vue se trouble. Je me concentre. Je laisse mon index se plier doucement. Et avec un seul doigt, de ce méchant vivant, j'en fais un mort. Ça me revient, maintenant, c'est à cause de la frontière, je crois, qui n'est pas à sa place, trop à l'ouest, ou trop à l'est, je ne sais plus ; la frontière qui nous coince, qui nous empêche de respirer, alors qu'on est beaucoup, nous, qu'on a besoin de place, plus que ces ordures d'en face. C'est pour ça qu'on se bat, si j'ai bonne mémoire. J'ai des vertiges. Et tout s'éclaire : c'est pour Dieu qu'on s'étripe. Le vrai, celui auquel les autres ne croient pas. Non, c'est contre dieu qu'on fait la guerre, le petit dieu minuscule qui n'existe pas. Tout ça m'obsède, maintenant. Ça finira bien par me revenir.

Les tirs ont cessé. On entend des plaintes qui sortent d'une maison éventrée. On entend les pleurs d'une femme qui flottent sur les ruines. Une poule picore près d'un enfant mort. Je vide mon chargeur dans le silence, en hurlant. Ils ripostent. Les tirs reprennent. C'est le président qu'on n'aime pas ? C'est quoi ? C'est le peuple qui résiste ? C'est l'argent qu'on n'a pas ? C'est le pétrole qu'on veut ? C'est le fleuve qui est à nous ? Saleté d'obus qui m'a embrouillé l'esprit.

Ils se sont regroupés, en face. Ils ont progressé. Il faut que je me sorte d'ici, vite. Je fixe ma baïonnette au bout de mon arme. On ne sait jamais sur qui on tombe à la guerre. La baïonnette, c'est déjà une tentative de rapprochement. La seule dont je me sens encore capable. C'est déjà ça. C'est un début. On commence par la baïonnette, on finit par les embrassades. J'y vais. Je sors de mon trou. Je vais rejoindre les miens et je vais leur demander ce qu'on fait là. Si je fais la guerre, j'aime autant savoir pourquoi, et contre qui. Sinon, je perds ma motivation. Si je perds ma motivation, j'hésite, je me pose des questions, je fais du sentiment. Et si je fais du sentiment, je meurs.

Je meurs.

Pas de panique. Pas de balles perdues, pour nous. Tout est tranquille, ici. Tout ça c'est ailleurs. Sous le même Soleil, au même moment, pendant qu'on regarde en l'air, mais ailleurs.

12 h 31 mn 41 s...

J'ai dû rire lorsqu'il m'a demandé, plein d'enthousiasme, si on irait voir l'éclipse, aujourd'hui. J'ai trouvé ça touchant et je me suis senti un peu désarmé. En percevant mon trouble, il m'a reposé la même question avec un peu plus d'inquiétude dans la voix. Je n'ai pas su tout de suite comment lui répondre, puis je me suis dit que ça ne servait à rien de tourner autour du pot, et qu'il était peut-être temps de faire une mise au point, et d'éclaircir certaines choses qu'il était en âge de comprendre maintenant. J'ai regardé sa mère qui m'a souri d'un air complice en me faisant un petit signe de la tête, comme pour m'encourager à lui parler. C'est difficile de dire tout ça à un enfant, brutalement ; c'est comme réveiller un somnambule, ou marcher sur la queue du chat.

J'ai réfléchi un peu à la manière dont j'allais m'y prendre et je me suis jeté à l'eau. J'ai commencé par le commencement, en lui rappelant ce qu'il savait déjà, que les garçons ne naissaient pas dans les choux, pas plus que les filles dans les roses. Il l'a bien pris, c'était une chose acquise pour lui. Il s'en souvenait, *grosso modo*, des mécanismes de la fécondation, dont je lui avais déjà parlé, mais il n'avait pas l'air de comprendre où je voulais en venir. J'ai enchaîné. « C'est comme le Père Noël, tu vois, le Père Noël se moque des enfants, il n'existe pas ; ce sont les parents qui dépensent de l'argent dans les supermarchés pour faire des cadeaux à leurs enfants. Ta lettre au Père Noël, c'est une liste de courses à faire, c'est tout. Il faut bien voir les choses en face, tu es grand maintenant. C'est comme la petite souris qui vient te voir quand tu perds une dent, et qui te laisse un pourboire en repartant, ça ne te paraît pas bizarre, non, cette histoire ? » Il a haussé les épaules. « Si... un peu... » « Alors il faut le dire, si ça te paraît bizarre, tu ne vas pas avaler tout ce qu'on essaie de te faire croire. » « Non... » « Les souris, c'est pour les souricières, et le lapin de Pâques : à la casserole ! La voilà, la réalité des choses, ce qu'il faut que tu comprennes, maintenant et que tu acceptes. La poule aux œufs d'or, les feux follets, le Père Fouettard, le train où vont les choses, la Sainte Trinité : ça n'existe pas. Les champignons atomiques, l'Immaculée Conception, les agios, les anges, et le soldat inconnu qui fait des flammes : c'est des histoires. Les poissons-chats, n'en parlons pas. » Il m'a interrompu.

— Ça existe les poissons-chats !

J'ai posé mon index sous mon œil.

— Demande à ta mère.

Je me suis tourné vers elle en la sollicitant du regard.

— Dis-lui...

Il a redemandé :

— Ça n'existe pas les poissons-chats ?

— Mais non, mon chéri... Il y a les poissons, il y a les chats, d'accord ; mais les poissons-chats, bien sûr que non.

Il a froncé les sourcils. Je l'ai laissé se remettre de ses émotions. Il semblait un peu hagard, et je le comprends. Tout ça d'un coup, c'est beaucoup pour un petit bonhomme, et je sentais bien qu'il avait du mal à me suivre, qu'il s'accrochait à sa branche. J'avais d'autres exemples, encore. « Les esprits frappeurs, les extraterrestres, le marchand de sable, les éléphants de mer, la fellation, la Terre de Feu : des inventions. Et les petits bébés tout roses, qui naissent en criant "maman", tu crois que c'est vrai ? C'est tout visqueux et sanguinolent, un bébé, c'est ça la vie. Demande à ta mère à quoi tu ressemblais... Et tout ça, et tout le reste, c'est des histoires qu'on raconte aux petits et aux grands pour les faire dormir, ou les empêcher de dormir. C'est quand on a compris ça, qu'on est un grand garçon. » Sa mère m'a fait signe d'y aller doucement, tout de même. Je m'exalte facilement, c'est vrai, mais je suis d'un naturel passionné, c'est comme ça, il ne faut pas me le reprocher. « Tu as compris, maintenant ? » Il ne m'a pas répondu. Il restait là, à regarder ses pieds. « C'est un peu normal qu'il soit déboussolé, m'a dit sa mère, comment veux-tu qu'il s'y retrouve dans tout ça ? Comment veux-tu qu'il fasse la part des choses, à son âge ? C'est dur de grandir... » J'en suis convenu, mais je lui ai répondu que c'était un peu comme un pansement qu'on arrache, que ça faisait moins mal si on tirait d'un coup sec.

Je pensais avoir été clair, pourtant, mais lorsqu'il a levé la tête pour me redemander quand est-ce qu'on irait voir l'éclipse, et où on irait la voir, je dois dire que ça m'a coupé les jambes, et je me suis un peu emporté :

— Tu le fais exprès, ma parole !... Comment faut-il te le dire ?

Sa mère a pris le relais et elle a bien fait. Certaines choses sont plus douces à entendre de la bouche d'une mère :

— Les éclipses, mon chéri, c'est pareil que tout le reste, c'est pour faire joli, c'est... c'est de la poésie, c'est comme les étoiles filantes.

Il est resté sans voix, d'abord, avant de rétorquer :

— Les étoiles filantes, je regrette, ça existe !

Je n'ai pas pu m'empêcher de m'en mêler :

— Oui, c'est ça, et les vœux qui vont avec !...

Il m'a regardé au fond des yeux, et j'ai vu les siens se troubler, et ses lèvres se mettre à trembler.

— Pourquoi tu pleures ?

— Je pleure pas.

— Ah bon ? On dirait vraiment que tu pleures, pourtant.

— Non, je pleure pas.

— Si... tu pleures, je regrette. Il ne faut pas dire que tu ne pleures pas si tu pleures.

— Non...

Je me suis tourné vers sa mère :

— Est-ce qu'il pleure, oui ou non ?

— Oui, c'est vrai que tu pleures, pourquoi tu pleures ?

Je lui ai demandé :

— C'est parce que tu es déçu, pour les éclipses ?

Et là, toute cette candeur salée qui brillait dans ses yeux est passée par-dessus bord. Je lui ai dit de pleurer, que ça lui ferait du bien, que c'était dur d'être un homme et qu'il se sentirait mieux après. Il a fini par se ressaisir et entre deux sanglots, il a demandé :

— Et les bonhommes de neige ?... Ça existe, au moins, les bonhommes de neige ?...

Je me suis tourné vers sa mère, un peu décontenancé, je dois avouer. Je ne savais plus moi-même...

Elle l'a corrigé :

— Les bonshommes de neige. On dit : les bonshommes de neige.

— Ça fait moche, bonzommes de neige.

— Oui, mais c'est comme ça, lui a-t-elle dit.

Il insistait :

— Alors ?... Ça existe les bonhommes de neige ?

Je lui ai dit :

— Je n'en ai pas rencontré, personnellement...

— Oui mais ça existe, oui ou non ?

On s'est regardé avec sa mère, et j'ai pensé qu'il avait déjà compris beaucoup de choses aujourd'hui, que ce n'était encore qu'un enfant, et qu'on pouvait bien lui concéder les bonhommes de neige. Je lui ai dit :

— Laisse-lui les bonhommes de neige, s'il y tient.

Et j'ai repris :

— Oui, ça existe.

Et sa mère a acquiescé.

Il est sorti de la pièce, la mine sombre, mais soulagé, tout de même, je crois, d'avoir sauvé les bonhommes de neige. Il était déjà au bout du couloir, quand j'ai cru bon d'ajouter, encore, en haussant la voix pour qu'il m'entende :

— Ça existe, d'accord, mais ça ne vit pas longtemps !... Ça fond comme neige au soleil !

12 h 32 mn 21 s...

Et comment je l'aurais su qu'il y avait une éclipse ? Qui m'en aurait parlé ? Je parle à personne. J'ai pas la télé ni la radio, je lis pas les journaux. Je dors sous les journaux.

En fait, je l'ai su au dernier moment, au tout dernier moment, quand j'ai vu tous ces gens regarder en l'air, autour de moi. C'est là que j'ai compris ce qui allait se passer. J'étais sur mon banc, je venais de me réveiller, j'avais dormi longtemps. Qui boit, dort. Et qui dort, dîne, déjeune, et tout le reste. Je m'attendais à ce qu'on me dise de m'en aller. J'ai rassemblé mes affaires et j'ai attendu un peu. Mais personne n'est venu me voir, et j'ai compris qu'on ne me demanderait rien, que le spectacle était gratis et qu'il serait pour tout le monde, aujourd'hui. J'étais content d'être invité pour une fois. C'est moins mesquin, tout de même, quand c'est là-haut que ça s'organise.

J'en ai profité, comme jamais, comme personne. Je

suis monté sur mon banc, et j'ai ouvert grands les yeux, aussi grands que je pouvais, pour m'enfoncer tout ça dans les orbites, bien au fond.

Et comment je pouvais le savoir qu'il fallait mettre des lunettes pour se protéger ? C'est maintenant qu'on me le dit ? Maintenant que c'est trop tard...

J'arrête. Je suis de mauvaise foi. J'en avais entendu parler de l'éclipse, par hasard. Je le savais bien, aussi, qu'il fallait mettre des lunettes, je l'avais compris. J'assume, j'assume tout. C'est mon choix. J'ai tellement peu l'occasion de faire des choix. Et c'est qu'il y a des choses qu'on ne voit que les yeux nus, et que moi seul ai vues.

J'entends des pas qui ralentissent, une pièce tinter, et des pas qui s'éloignent.

J'y voyais déjà pas grand-chose, avant, j'y vois plus rien, maintenant. Et je préfère. Je vois plus mon reflet dans les vitrines, je vois plus certains regards. Je vois plus ma bouteille me sauter à la gorge, je vois plus mes godasses qui vomissent mes pieds et mes mains qui me plaignent. Je vois plus tout ce que je veux plus voir. J'ai choisi mon dernier regard, ma dernière image. Beaucoup de lumière. Je prépare ma sortie.

Cet hiver, je m'éclipse.

DU MÊME AUTEUR

Aux Éditions du Rocher

« EDMOND GANGLION & FILS », 1999 (Folio n° 3485)
LES ENSOLEILLÉS, 2000 (Folio n° 3651)

Composition Nord compo
Impression Novoprint
à Barcelone, le 18 février 2002
Dépôt légal : février 2002
ISBN 2- 07-041972-X./Imprimé en Espagne.

2671